버
퍼
링

버퍼링 나를 혼란스럽게 하는 것들

1판 1쇄 2022년 6월 10일

글 송방순

펴낸이 모계영   펴낸곳 가치창조   출판등록 제406-2012-000041호
주소 서울 종로구 사직로8길34, 1104호(경희궁의 아침 3단지 오피스텔)
전화 070-7733-3227   팩스 02-303-2375   이메일 shwimbook@hanmail.net
ISBN 978-89-6301-279-7   43810

가치창조 공식 블로그 http://blog.naver.com/gachi2012
단비청소년은 가치창조 출판그룹의 청소년책 전문 브랜드입니다.

버퍼링

나를
혼란스럽게
하는 것들

송방순 글

단비청소년

작가의 말

존재만으로 아름답고 빛나는 10대를 응원합니다!

　인생에 정답이 없듯, 어떤 삶을 살아야 행복한지 딱 꼬집어 말할 수 있는 사람은 드물 겁니다. 그건 행복의 질량이 저마다 다르기 때문이겠죠. 어린 시절엔 초콜릿 한 조각이나 장난감 하나로도 만족했지만, 나이가 들고 우리가 세상을 알아 가는 것만큼 행복의 조건은 복잡하고 미묘해집니다. 무엇으로 어떻게 원하는 행복의 지점에 도달할 거냐는 현실적인 문제에 부딪히는 것이지요. 수학 공식처럼 대입해서 정해진 해답을 찾을 수 있으면 좋겠지만 사람마다 삶에서 중요시하는 가치관과 행복의 수치가 다르기 때문에 누구도 섣불리 알려 줄 수도 찾아 줄 수도 없습니다.

　다양한 삶의 방식 중에 공평한 것이 있다면 삶을 이어 가는 과정 중에 누구나 힘겨운 과도기를 겪으며 살아간다는 겁니다. 물론 운이 좋아서 무난하게 풍파 없이 살았다고 하는 사람도 있겠지만 행복의 고점을 찾아서 혹은, 꿈을 향해 돌진했다면 분명 나름의 힘겨운 시간을 견뎌 냈을 겁니다.

꿈을 향한 길이 험난해도 끝까지 달려가고 싶은 인간의 마음은 헤밍웨이가 쓴 《노인과 바다》에 잘 표현되어 있습니다. 늙은 어부가 험난한 바다에서 고독한 사투를 벌이다가 비록 상어에게 다 뜯어먹힌 가시만 남은 청새치를 끌고 항구로 돌아왔을지라도 박수를 쳐 주고 싶은 것은 그가 견디어 낸 역경의 과정을 값지게 생각하기 때문일 겁니다.

노인은 주어진 고난에 정면으로 맞서고 그것을 극복함으로써 자신의 가치를 증명해 보였다고 할 수 있습니다. 후회가 남지 않도록 온 힘을 쏟아부었다는 자체로 삶의 희열을 느꼈다는 걸 알 수 있죠. 하지만 그것 또한 인생의 정답이라고 단정 지을 수는 없습니다. 사소한 일에도 성취감을 느끼고 만족해하는 사람들도 많으니까요.

우린 저마다의 취향과 개성대로 살기 때문에 다름을 인정해야 하고, 누구도 서툰 판단의 저울대 위에 올려져선 안 됩니다. 획일적인 교육의 틀에 묶인다 해도 생각의 유연함과 자유로움은 필요하다고 생각됩니다. 단, 비윤리적인 선은 넘지 말아야겠죠.

흔히 청소년기를 '과도기'라고 합니다. 그 시기엔 안팎으로 많은 혼란스러움이 찾아오지만, 그 가운데에서도 삶의 가치를 어디에 둘 것인지 고민하는 시간은 꼭 필요합니다. 출발선부터 부딪히고, 상처 입고, 눈이 짓무르도록 펑펑 울 수도 있지만 두려워하지 말았으면 합니다. 아무도 나를 알아주지 않더라도 자신을 믿고 스스로를 응원해 주면 좋겠습니다.

완벽하게 삶의 가치를 정립한다는 건 나이가 들어도 힘든 일입니다. 그래서 삶의 막바지까지 후회를 최소한으로 줄이기 위해 늙은 어부처럼 끝까지 자신에게 몰입하여 치달아 보는 건지도 모릅니다. 노인은 어떤 핑계도 대지 않고 포기하지도 않았습니다. 그만큼 삶의 애착이 강하다고도 볼 수 있습니다.

미래를 꿈꾸기에 좋은 나이는 따로 없습니다. 10대엔 기성세대보다 훨씬 많은 꿈이 마음속에서 꿈틀거리고 있겠죠? 저 역시 그러한 시절을 겪었으니까요. 결국, 우리는 좀 더 행복해지기 위해 삶을 이어 갑니다. 각자 추구하는 삶의 가치를 놓지 않는다면 우리는 훗날 언제라도 값진 인생의 성취감을 맛보며 미소 지을 수 있을 겁니다.

불안해하지 마세요! 완벽하지 않아도 괜찮아요. 누구나 인생은 처음 살아 보는 거잖아요. 서툴고 부족해도 우리는 이 세상에 존재한다는 자체만으로도 충분히 사랑받을 만합니다. 의기소침할 필요 없습니다. 자신감을 갖고 미래의 가능성을 활짝 열어 놓으세요! 여러분은 못하는 것도 이내 잘할 수 있는 나이고, 잘하는 건 더 잘할 수 있는 미래를 품은 나이입니다. 멋진 꿈을 꾸세요! 별처럼 반짝이는 10대를 응원합니다.

차례

1부

노래하는
소년

나는 뻐드렁니

난 뻐드렁니다. 입을 꽉 다물고 있으면 화난 것 같고 헤벌쭉 벌리고 있으면 바보처럼 보인다. 더 싫은 건 랩을 부를 때 튀어나온 이 사이로 쉭쉭 김빠지는 소리가 새어 나온다는 것이다.

시간이 지나면 잊힐 거란 착각. 영원할 줄 알았던 것들에 대한 배신. 그 모든 것들이 쌓이고 쌓여 세상에 없던 나를 만들지. 벗어나고 싶어 발버둥을 쳐도, 자유를 갈망하며 멀리 떠나도 그건 잠시 잠깐의 망각일 뿐. 밀어내고 쏟아 내고 바닥까지 비워 내서 마음의 상처가 잊혀 갈 즈음 새로운 너를 만났어. 나를 바꿔 가는 너를. 너를 가꿔 가는 나를. 세상에 영원한 건 없다는 너를.

어둠이 깔린 빗속에서 이어폰을 꽂고 타투의 '영원'을 따라 불렀다. 중간에 내 멋대로 가사를 바꿔 부르기도 했다. 랩이란 게 원래 자기 생각을 자유롭고 즉흥적으로 이야기하는 것이기 때문에 내가 어떻게 부르든 아무도 토를 달지 못한다는 게 제일 맘에 든다. 래퍼가 되고 싶은 마음은 없지만 아무 말이나 지껄이고 나면 목까지 차오른 찌꺼기들이 표백제에 담근 듯 하얗게 녹아내린다. 뻐드렁니 때문에 발음은 시원찮아도 빗소리에 랩 보이스가 훨씬 그럴싸하게 들렸다. 지나가는 사람도 없겠다 리듬을 타면서 래퍼 특유의 손동작을 흉내 내며 걸었다.

집에 오자 엄마 혼자 저녁을 먹고 있었다.

"가온아, 밥은 먹었니?

"뭐, 대충."

"내일부터 내가 가게에 나갈 테니까 넌 공부나 해."

아빠는 중심 상가 뒷골목에서 작은 횟집을 한다. 지금껏 엄마가 주방 일을 거들었는데 요즘 들어 아빠와 싸움이 잦더니만 엄마는 이번 주 내내 가게 일을 나 몰라라 하고 있었다.

"일하느라 성적 떨어졌단 핑계 안 댈 테니 걱정 마."

난 엄마의 뒷말을 예상했다. 어른들은 무슨 일만 생기면 붙잡아 놓고 같은 얘기를 반복하니까. 침대에 눕자 피곤이 확 밀려왔다. 일할 때는 멋모르고 했는데 긴장이 풀리자 온몸이 한꺼번에 욱신거렸다. 사실, 엄마만 아니면 가게에 나가고 싶지 않았다. 그렇다고 아빠의 변명 섞인 하소연에 나까지 모른 척할 순 없었다. 내가 할 수 있는 일이라곤 테이블 닦고 서빙 하는 게 전부지만 나름 의자에 엉덩이 한 번 붙이지 않고 열심히 일했다. 그뿐인가. 요즘엔 인터넷 방문자 리뷰에도 신경을 곤두세우고 있다. 불친절하다든지, 청결에 문제가 있다든지 하는 리뷰가 달리면 장사에 치명적이란 걸 너무도 잘 알고 있기 때문이다. 며칠 전엔 별점 두 개에 광어회가 푸석푸석하다는 리뷰가 올라와서 뒤로 밀리게 하느라 진땀을 뺐다. 별점 다섯 개는 기본으로 달아 주고 아이디를 바꿔 가며 제법 티 안 나게 자랑질도 했다. 이런 것도 나름 시대에 맞는 생존 전략이라 생각한다. 엄마 아빠는 여전히 친절과 음식량을 최우선으로 생각하지만.

아빠는 작년 봄에 횟집을 개업했다. 내가 중딩 2년 차에 접어들 때였다. 주변 사람들의 지적질이라면 이제껏 지긋지긋하게 들었지만 누가 중학생이라고 지었는지 정말 어중간한 시기에, 어중간한 나이에, 어중간한 학교를 다닌다는 생각이 들었다. 그

어중간의 정점에 다다랐을 때 아빠가 동네에 횟집을 차린 것이다. 아빠가 원래부터 식당이나 장사를 했던 건 아니다. 아빠는 직장만 이십 년 가까이 다녔다. 아빠가 다녔던 회사를 인터넷으로 쳐 보면 직원 복지가 잘된 중견 기업으로 이직률도 낮고 직원 만족도가 상당히 높은 철강 회사로 알려져 있다. 문제는 아빠가 과장으로 진급하고 주식에 손을 대고부터 시작됐다.

"주식은 투자야. 날 믿고 기다리라고. 요즘 은행에 돈 넣는 바보가 어딨어?"

"주식이 어떻게 투자야! 투기지. 가온 아빠, 제발 불안하게 그딴 것 하지 마. 도대체 나 몰래 대출을 얼마나 받은 거야?"

엄마가 말려도 아빠의 똥고집을 꺾을 순 없었다.

"내가 그동안 주식 공부를 얼마나 많이 했는데. 이게 그냥 얻어지는 수익이라고 생각해? 이것도 다 연구하고 노력한 결과라고. 조금만 기다려. 우리 식구 내가 남부럽지 않게 살게 해 줄 테니까."

아빠는 주식이 조금만 올라도 어깨에 힘을 빡 주고 호언장담했다. 실력인지 운인지는 몰라도 다행히 초기에는 수익률이 좋아 보였다. 보란 듯이 엄마와 나를 근사한 레스토랑이나 일식집에도 데려가고 가끔 나한테 엄마 몰래 용돈도 줬다. 하지만 아빠의 주식 인생에 맑은 날은 그리 길지 않았다. 아빠의 표현을 빌리자면 날마다 천국과 지옥을 왔다 갔다 하느라 피가 마른다고 했다. 그런데 진짜 얼마 못 가 피가 말라비틀어지는 일이 벌어졌다. 일확천금을 꿈꾸던 아빠의 꿈이 산산조각 나고 만 것이다. 일식집은커녕 분식집에도 못 데려갈 정도였다.

"빌어먹을! 좋은 정보라더니!"

주식은 한순간에 아빠를 보기 좋게 고꾸라뜨렸다. 친구가 권한 고급 정보가 깡통 정보였다는 걸 뒤늦게 깨달은 것이다. 내가 보기엔 아빠의 분노 조절 장애가 그즈음 생긴 것 같다.

"그것 봐. 내가 뭐랬어! 주식은 노름하고 같다고 했지. 한심하다, 한심해! 진작에 정신 차렸으면 이 지경까진 안 갔을 거 아냐!"

좌절감에 다크서클까지 내려앉은 아빠를 보고 엄마는 날마다 고래고래 소리쳤다. 엄마는 아빠한테 '한심하다'는 소리를 제일 많이 했고, 아빠는 '빌어먹을!'이란 말로 화답했다. 그 당시 엄마는 아파트에 당첨돼서 이 낡고 오래된 집을 벗어날 부푼 꿈을 꾸고 있었다.

"그 돈이 어떤 돈인데! 이제 아파트 중도금은 어쩔 거냐고?"

"포기해야지 어쩌겠어. 기회는 또 오겠지, 뭐."

"기회 같은 소리 하고 있네! 아파트 당첨되는 게 어디 쉬운 줄 알아? 그나마 외곽이라 운 좋게 당첨된 거라고!"

엄마가 몰아세울 때마다 아빠는 빌어먹을! 하며 담배를 챙겨 밖으로 나갔다. 그게 끝이었으면 얼마나 다행이었을까. 아빠는 멈추지 않았다. 투자한 원금을 되찾고 싶어 밤낮없이 주식에 매달리다 회사까지 그만두었다. 말로는 회사 사정이 어려워서 퇴사했다지만 술만 마시면 부장한테 쌍욕을 해댔다.

"그 인간 말이야! 내가 청춘을 몸 바쳐 일했는데, 고가를 그따위로 줘! 근무 태만이라니 말이 되냐고!"

안 봐도 비디오였다. 아빠는 근무 시간에도 주식을 한 모양이었다. 내가 들어도 옹색한 변명이었다. 학생이 수업 시간에 핸드폰 게임 하는 거랑 뭐가 다른가.

결국, 엄마는 머리를 싸매고 누웠고 아빠는 그날 밤 바람 쐬러 나간다고 하고선 열흘 넘게 집에 들어오지 않았다. 다행히 엄마는 그동안 분을 삭였는지 아빠가 돌아온 후엔 잔소리를 거의 하지 않았다. 가끔 한숨 쉬는 소리만 들렸다.

아빠가 횟집을 차린 이유는 간단했다. 재취업은 힘들고 퇴직금으로 만만한 국민 간식, 치킨집을 알아보려 부동산에 들렀다가 부동산 아저씨가 우리 동네에 유일하게 없는 게 횟집이라고 조언하는 바람에 치킨집에서 횟집으로 종목을 바꾼 것이다. 어차피 닭을 팔든 물고기를 팔든 아빠에겐 새로운 도전이었다. 다행히 귀가 얇은 아빠는 주식도 완전히 끊고 창업에 마지막 희망을 걸었다. 장사 경험 없이 맨땅에 헤딩할 수 없다며 몇 달간 대형 횟집에서 주방 보조 일도 했다. 고맙게도 그곳 사장님이 아빠의 성실함을 인정해서 수산물 도매 납품 업체를 소개해 줬고 횟집 운영 노하우까지 세세히 알려 줬다.

보증금이 싼 가게 자리를 찾다 보니 상가 건물이 대로변에 있는 건 아니었지만 근처에 아파트 단지도 있고 슈퍼와 떡집, 카페 등이 자리 잡고 있어 사람들 왕래가 잦은 곳이었다.

"장사가 내 적성에 맞을 줄 누가 알았겠어? 진즉에 알았으면 일찍 가게를 차리는 건데 말이야."

아빠는 또다시 의기충천했다. 불안했다.

"너무 오버하지 마. 싸고 맛있으면 손님이 많이 오겠지."

엄마도 말은 그렇게 했지만 비상금까지 탈탈 털어 고급 인테

리어로 업그레이드해 준 걸 보면 싫지 않은 눈치였다.

　나는 그때까지만 해도 아빠가 가게를 차리고 사장님으로 등급한 것 같아 어깨가 으쓱했다. 학교가 끝나고 일부러 가게에 들렀다 가기도 했다. 수족관에 새로 들어온 물고기를 보는 게 취미 생활처럼 돼 버렸다. 마치 반려어를 키우는 기분이었다.

　아빠는 손님한테 주문을 받으면 흥얼거리며 수족관 물고기를 건져 주방으로 가져갔다. 딱 거기까지만 봤어야 했다. 물 밖으로 나온 물고기의 행방을 알고 싶어 그 뒤를 졸졸 따라갔다. 아빠는 퍼덕이는 물고기를 회칼로 단박에 기절시키고 순식간에 껍데기를 벗겨 냈다. 그리고 대가리와 커다란 몸통 가시만 남겨 놓고 하얀 속살을 도려내 얇게 포를 떴다. 몸뚱이 살점이 통째로 잘려 나갔는데도 물고기는 입을 뻐끔거리고 있었다. 그 후, 수족관 물고기를 보면 사람이 먹는 그 어떤 식재료보다 불쌍하게 보였다. 물에서 건져 올린 물고기가 살려 달라고 악악거리며 소리친다면 사람들 반응은 어떨까? 아마 횟집도 줄어들고 낚시꾼도 줄어들지 않을까. 조용히 당해 주니까 낚시를 취미로 하는 사람이 많은 것 같았다. 닭 잡기, 돼지 잡기, 소 잡기를 취미로 하는 사람은 없으니까.

충격이 채 가시기도 전, 아빠가 저녁밥 대신 회를 떠 줬다. 아빠는 내가 갑자기 회를 안 먹자 의아해했다.

"회라면 사족을 못 쓰는 녀석이 웬일이냐?"

"아빠가 너 먹이려고 제일 싱싱한 놈으로 골라서 떴는데 왜 안 먹어?"

엄마도 회를 한 점 집어 주며 물었다. 나는 손님상에 곁들이 찬으로 나오는 샐러드와 콘치즈를 먹으며 아무 대답도 하지 않았다. 횟집을 하지 말라고 할 수도 없고, 회를 먹지 말라고 할 수도 없었다. 지금 생각해 보면 회를 먹고 안 먹고는 그다지 중요한 일이 아니었다. 횟집을 차리고 우리 가족은 잘 뭉쳤고 한동안 남부럽지 않은 시간을 보냈다. 장사가 안 돼도 자리 잡을 때까진 힘든 거라며 서로 토닥이기까지 했다. 하지만 좋은 시간은 봄날 꽃놀이만큼이나 짧았다.

한여름, 열대야로 잠 못 이루는 와중에 생각지도 못한 일들이 하나씩 터졌다. 노로바이러스인지 뭔지 때문에 손님은 턱없이 줄어들고 엄마 아빠 사이는 안 좋아지고 임대료는 치솟았다. 아빠의 분노 게이지에 빨간 불이 들어온 것이다. 아빠는 손님들이 모두 가고 나면 혼자 소주를 마셨다. 처음엔 반병 정도 마셨는데 갈수록 주량이 늘어났다. 주량이 늘어남과 동시에 분노 조절 기능이 고장 난 듯 별일 아닌 일에도 화를 냈다. 그런 아빠의 모습이 익숙해질 무렵 나도 다시 회를 먹기 시작했다. 접시에 담겨 나온 회는 그저 생선, 한 마리라도 더 팔아야 하는 물건, 그 이상도 그 이하도 아니었다.

아빠는 횟집을 오래 할수록 점점 난폭해졌다. 그렇다고 주식처럼 쉽게 접을 수도 없는 일이었다. 아빠가 회사를 다닐 땐 그다지 다정한 성품은 아니어도 그럭저럭 무난한 성품이라고 생각했다. 하지만 횟집을 차리고 날마다 회를 뜨더니 아빠의 정서마저 뼈만 남기고 모두 해체된 것 같았다. 종업원을 구해도 얼마 못 가 금방 그만두었다. 괴팍한 아빠와 일하고 싶지 않은 건 당연했다. 주방 일을 돕던 엄마 역시 가끔 치를 떨며 어떤 핑계를 대고라도 일찍 들어왔다. 그렇게 엄마 아빠가 투닥거리는 중에 나는 중3이 되었고 그 어디에도 정착하지 못한 유목민처럼 떠돌고 있었다.

아침까지 늪에 빠진 것처럼 이불을 빠져나오기 힘들었다. 서두르지 않으면 지각할 것 같아 아침밥도 거르고 학교로 향했다. 그런데 대문을 나서자마자 빗방울이 한두 방울 떨어졌다.

"뭐야? 또 오네."

난 반갑지 않은 손님을 맞듯 투덜거리며 다시 집으로 들어갔다.

"왜? 뭐 놓고 갔니?"

엄마가 설거지하다 말고 현관문 앞으로 나왔다.

"우산 새로 사 놨어?"

"아니. 저것뿐인데……."

엄마가 신발장 옆에 놓인 우산을 가리키며 기어들어 가는 소리로 말했다.

"그럴 줄 알았다니까. 미리 좀 사 놓지!"

나는 펴지지 않는 자동 우산을 발로 툭 찼다.

"이상하네. 일기 예보에 비 온다는 말이 없었는데."

엄마는 9시 뉴스를 드라마보다 좋아한다. 아마도 정치 소식은 세상에 대한 불신. 즉, 믿을 사람이 없다는 깨우침이고 범죄 소식은 짜릿한 공포와 스릴러, 경제 상황은 모두 함께 힘들다는 위로의 메시지 정도로 생각하는 것 같다. 사실, 이건 열여섯 살에 깨우친 나의 철학이기도 하다. 엄마는 뉴스의 마지막 하이라이트, 일기 예보까지 빼놓지 않고 보는데 그에 따른 부작용이 있긴 하다. 나더러 뉴스 앵커가 됐으면 좋겠다고 한다거나 정확하지도 않은 일기 예보를 철석같이 믿는다는 것이다.

쾅! 나는 현관문을 일부러 세게 닫았다. 어차피 막바지 중딩 인생에 빗방울 좀 튄다고 더 나빠질 것도 없었다.

"가온아, 비 많이 오면 우산 갖고 갈게!"

엄마 목소리가 좁은 골목에 울려 퍼졌다.

"쳇! 아무리 학교가 가까워도 그렇지, 내가 초딩이야? 누구처럼 벤츠라도 타고 오던가."

혼자 중얼거리며 걸음을 재촉했다. 이 상황에서 불쑥 건희가 떠오르는 건 자격지심 때문만은 아니다. 우리 반 류건희, 절대 친해지고 싶지 않은 아빠 횟집 건물주 아들. 오늘도 분명 벤츠를 타고 납시겠지. 건희 엄마는 날마다 보란 듯이 흰색 벤츠를 타고 건희를 등하교 시킨다.

"저런 녀석을 누가 납치라도 해 갈까 봐?"

"누가 아니래. 금수저 티 내는 거지 뭐."

가끔 나처럼 역겨워하는 애들도 있다.

건희는 나보다도 더한 학교 부적응자다. 말할 때마다 눈을 계속 찡끗거리고 수업 시간엔 항상 손톱을 물어뜯고 있다. 날마다

24

뜯을 손톱이 남아 있다는 게 놀라울 정도다. 거기에 투덜이란 별명이 붙을 만큼 별일 아닌 일에 혼자 씩씩거린다.

"공기 청정기도 없는 교실이라니, 너무한 거 아냐!"

"너네 돈 많으면 교실에 한 대 놔주지 그러냐? 요새 미세 먼지 땜에 목도 칼칼해 죽겠는데."

애들이 그나마 건희 얘기를 유연하게 받아 주는 건 녀석이 간식거리를 방과 후 특기 활동하듯이 베풀기 때문이다.

"너희들, 배고프면 이 형님한테 말해라. 내가 랍스터나 샥스핀은 못 사 줘도 분식집 메뉴 정도는 싹쓸이해 줄 수 있으니까."

삐죽 나온 앞머리를 쓸어 올리며 거들먹거리는 본새하고는! 자기가 무슨 조직의 보스도 아니고 마치 학교에 돈 자랑하러 다니는 것 같다. 우리 반에서 유일하게 아무것도 얻어먹지 않은 사람은 나뿐이다. 학기 초에 그 녀석이 건물주 아들이란 사실을 알게 된 순간, 내 자존심이 허락지 않았다.

그날도 주말이라 아빠 횟집 일을 도와주러 갔다가 건희 가족과 맞닥뜨렸다. 처음엔 부모님과 함께 회 먹으러 온 줄 알았다.

"너, 여기서 뭐 해?"

건희는 평소보다 눈을 더 찡끗거리며 물었다. 모르는 사람이 보면 윙크라도 하는 줄 알 것이다.

"우리 아빠 가게야."

난 숨길 이유가 없어 간단명료하게 대답했다.

"그래? 여긴 우리 건물인데."

녀석은 고개를 삐딱하게 쳐들고 말했다. 난 건희의 으스대는 꼬락서니를 보고 낮에 먹은 회덮밥이 넘어올 지경이었다. 젠장! 하필 저 자식과 재수 없게 엮이다니. 그때 옆에서 가만히 지켜보고 있던 건희 아빠가 곤란한 표정을 지으며 말을 붙였다.

"우리 건희 친구라고? 그렇담 임대료를 많이 올릴 수도 없고. 거참!"

알고 보니 임대료 인상 문제로 들른 거였다. 그게 무슨 좋은 일이라고 온 가족이 총출동해서 상점을 찾아다닐까 싶었지만, 건희 아빠는 아들에게 건물 관리법이라도 알려 주듯 노골적으로 표현했다. 더욱 의기양양해진 건 건희였다.

"일단 여기 앉으세요. 이왕 오셨으니 회도 드시고요."

아빠는 건희 부모님을 상전 대하듯 했다. 공짜로 가게를 임대해 쓰는 것도 아닌데, 아빠의 그런 모습이 낯설고 비굴해 보이기까지 했다.

"온 김에 저녁이나 때우고 갈까?"

건희 아빠가 건희 엄마에게 슬쩍 물었다.

"그럴까? 집에 저녁거리도 마땅찮은데."

건희네 세 식구는 모둠회와 매운탕을 시켜 놓고 아빠를 다시 불렀다.

"임대료 말인데요, 십오 퍼센트 올리려고 했는데, 아들 친구네고 하니 십 퍼센트만 올리겠습니다. 대신 다른 상점에는 비밀입니다."

건희 아빠는 인심 쓰듯 소곤거리며 말했다. 그리고 갈 때는 음식값도 내지 않았다. 엄연한 갑질 행세였다.

"아무리 건물주님이래도 처먹은 건 내고 가야 하는 거 아냐! 낡아 빠진 건물 하나 가지고 잘난 척은!"

내가 성질을 부리자 아빠는 아무 말 없이 수족관에서 우럭 한마리를 뜰채로 떠서 도마에 올려놓고 머리를 내리쳤다. 그걸 보자 갑자기 내 머리가 띵했다. 마치 내 머리를 맞은 것 같았다.

그 뒤부터 건희를 편하게 대할 수가 없었다. 건물주 아들이라는 걸 몰랐다면 웃어넘길 일도 하는 짓마다 찐따처럼 보이고 눈에 거슬렸다.

어긋난 일기 예보

학교에 도착하기도 전에 이슬비가 장대비로 바뀌었다.

"젠장! 내 이럴 줄 알았다니까."

가방을 머리 위에 올리고 빗속을 달렸다. 직접 본 하늘보다 기상 캐스터의 말을 더 믿다니. 엄마는 며칠 전에도 맑고 건조한 날이 이어질 거라는 일기 예보를 듣고 우산을 사 놓지 않았다. 하지만 그날도 오전부터 먹구름이 하늘을 덮더니 오후가 돼서는 굵은 빗방울로 쏟아져 내렸다. 결국, 나는 그날 하굣길에 머리부터 발끝까지 흠뻑 젖고 말았다. 비는 일기 예보가 틀렸다고 시험지에 줄이 그어지듯 사선으로 쭉쭉 내렸다. 문방구 차양 아래 잠시 피했다가 무작정 집을 향해 뛸 수밖에 없었다. 갑작스럽게 내린 비로 다른 애들 사정도 마찬가지였다. 우산을 쓴 애들이 몇 명 있긴 했지만 나처럼 비를 맞고 뛰어가는 애들이 더 많았다. 그걸로 조금 위안이 됐다. 함께 비를 맞는 건 전혀 창피한 일이 아니니까. 엄마에겐 말하지 않았지만 쏟아지는 빗줄기에 온몸이 젖자 찝찝하기는커녕 마음속까지 뚫리는 기분이었다.

"얼른 벗어라. 감기 걸리겠다."

그날 엄마는 내가 집에 들어서자마자 수건과 속옷을 건네주며 말했다.

"엄마가 나가야 갈아입지!"

언제부턴지 모르게 엄마에게 퉁명스럽게 말하는 버릇이 생겼다. 엄마 앞에서 옷을 갈아입기도 싫고 엄마가 내 등에 있는 화상 자국을 쳐다보는 건 더 싫었다.

버틸 만큼 버텼어. 내일은 괜찮겠지, 희망도 심어 봤어. 내가 받은 상처는 흉터로 남겠지만 상관없어. 비겁하게 숨진 않을 거야. 길을 걷다 맨홀에 빠진 듯 멘붕이 와도 또다시 빠져나와야겠지.

비를 맞으며 랩을 중얼거렸지만 흥이 나질 않았다. 오늘은 며칠 전 상황과는 많이 달랐다. 저번엔 집에 가는 길이었고 비 맞는 애들도 많았지만 오늘은 나만 우산이 없었다. 편의점에 들릴까, 잠시 망설이다 오히려 돌아가는 시간에 더 많은 비를 맞게 될 것 같아 그만두었다.

"네 머리랑 옷에서 빗물 떨어진다."

교실로 들어와 자리에 앉자마자 수아가 나를 위아래로 훑으며 말했다. 수아는 내 짝이자 우리 반 반장인데 한마디씩 던질 때마다 사람을 긴장시키는 묘한 마력이 있다. 아마 무표정한 얼굴 때문에 그렇게 느끼는 것 같다.

"앗! 진짜?"

난 몰랐던 사실을 알게 된 것처럼 되물었다.

"화장실 가서 닦고 와."

수아가 곰돌이 푸가 그려진 손수건을 내밀었다.

"됐어."

나는 조용히 거절하고 곧장 화장실로 갔다. 창피하기도 하고 겸연쩍기도 했다. 앞머리를 대충 쓸어 올리고 세면대 거울을 보자 비 맞은 나무늘보처럼 보였다. 휴지로 머리와 교복을 닦고 조금이라도 더 말려 볼까 하고 복도를 서성거렸다. 하지만 금세 수업 종이 울렸다. 수아한테 눈총받는 건 둘째치고 수업 시간 내내 눅눅해진 옷을 입고 있으려니 짜증이 밀려왔다. 비는 수업이 다 끝나 갈 때까지 그치지 않았다.

학교 담장에 넝쿨장미는 흘러넘치고 중3, 1학기도 절반이 지났는데 난 아직 여자 친구는 고사하고 친하다고 말할 남자 친구 한 명이 없다. 누가 그러라고 시킨 건 아니지만 중딩이 되고 나서 결심한 게 있다. 초딩 때 내 별명을 모르는 새로운 친구만 사귀겠다고. 덧붙여 유치한 말이나 행동을 하는 애들은 수준 미달로 여겼다. 그것도 나의 중딩 생활의 선택이라면 선택이었다.

6학년 때 일이다. 난 갑자기 날아온 운동화 짝에 머리를 맞고 기절했다. 수업을 마치고 중앙 현관을 나와 운동장으로 향하던 중이었다. 운동화를 던진 아이는 4층 교실에서 친구한테 장난으로 던진 건데 내가 정통으로 맞은 것이다. 순간, 나는 정신을 잃었다. 번개에 맞으면 이런 기분일까? 머리가 두 쪽으로 갈라지는 기분이었다. 깨어 보니 양호실이었다. 주변에 있던 아이들이 서둘러 양호 선생님을 불러 응급 처치를 했다고 들었다. 연락을 받고 학교로 달려온 엄마는 곧바로 나를 병원에 입원시켜 CT 촬영까지 했다. 다행히 의사가 뇌에는 이상이 없다며 타박상으로 처치했다. 하지만 그 일이 있은 후 나한테 '운동화 대가리'라는 재수 없는 별명이 붙었다. 가해자가 아닌 피해자한테 별명이 붙다니! 이중 피해를 입은 것 같았다. 운동화를 직접 맞았을 때보다 별명 때문에 더 화가 치밀었다. 거울을 보면 운동화를 맞고 내 머리가 이전보다 더 커진 느낌이 들기도 했다.

애들은 운동화를 던진 놈한테는 관대했다. 실수로 인정할 뿐, 아무도 놀리지 않았다. 그 애가 죗값을 치른 건 꼴랑 병원비가 전부였다. 나는 그 애한테 짱돌이라도 던져 나와 같은 아픔을 겪게 하고 싶었다. 그 애도 '짱돌 대가리'라는 별명이 붙여진다면 덜 억울할 것 같았다. 하지만 머릿속으로만 계획을 세웠지, 머리카락 한 올도 건들지 못하고 초등학교를 졸업했다.

희망찬 중학생이 된 후에도 '운동화 대가리'라는 꼬리표는 계속 따라다녔다. 소문이란 건 참 무서웠다. 하필 6학년 같은 반에 떠벌리기 좋아하는 놈이 같은 중학교, 같은 반에 배정됐기 때문이다. 떠벌이의 입놀림은 삽시간에 내 별명을 봄날 꽃가루처럼 구석구석 퍼뜨렸다. 중2가 되고서야 겨우 '운동화 대가리'란 별명에서 벗어날 수 있었다. 그렇다고 내 머릿속까지 칠판 지우듯 깨끗이 지워진 건 아니다.

그때 일을 생각하면 피해자인 내가 왜 재수 없는 일로 유명세를 치러야 했는지 지금도 이해할 수가 없다. 더불어 또래 아이들의 무자비한 입놀림도 혐오스러웠다. 그런데 이것저것 따지다 보니 곁에 남아 있는 친구가 한 명도 없었다. 잠깐 머물다가도 금세 멀어졌다. 결국, 시간은 남아돌고 지루한 시간을 공부로 채웠다.

나에게 친구란, 다가가기 귀찮고 다가와도 부담스러운 존재가 돼 버렸다. 그렇다고 왕따를 당하진 않았다. 뒤에서 수군대는 애들이 몇 명 있긴 했지만 아이들은 단지 내가 까칠한 성격이라 누구와도 친해지기 어렵다는 정도로 알고 있다. 말하자면 스스로 계획한 '스따'라고 할 수 있다. 선생님도 마찬가지다. 이유는 내가 튀는 행동을 하지 않을 뿐 아니라 공부를 제법 하기 때문이다. 특히 수학은 학원 한 번 다니지 않고 전교 1, 2등을 다툰다. 경시 대회 나가서 상도 제법 많이 탔다. 기출 문제만 미리 풀어 놔도 충분히 따라갈 수 있었다. 영어 학원은 글로벌 시대에 필수라는 엄마의 뒤늦은 교육열 때문에 1년 넘게 다니고는 있지만 만날 그 성적이 그 성적이다. 솔직히 인강보다 뭐가 좋은지 하나도 모르겠다. 시간 낭비, 돈 낭비일 뿐.

난 뭐든 명확한 답이 있는 게 좋다. 국어처럼 그렇게 생각할 수도 있고 저렇게 생각할 수도 있고. 뭐, 그런 흐리멍덩한 답이 싫다. 예체능 쪽은 더한 것 같다. 보는 시각에 따라 이러쿵저러쿵 평을 늘어놓으며 정말 종잡을 수 없는 방식으로 점수를 매기지 않는가?

또래 아이들은 그 심각성을 전혀 깨닫지 못한다. 마치 어른도 아이도 아닌 애매모호한 시기처럼 행동이나 말투를 비롯해 뭐 하나 정확히 아는 게 없다. 그래서 친구를 억지로 사귀고 싶지도 않고 우정을 빙자한 가식을 떨고 싶지도 않다. 어차피 정답을 모르는 아이들과 어울리는 건 시간 낭비니까.

껍데기로 살긴 싫어. 하지만 내 속을 무엇으로 채워야 할지 모르겠어. 사람들은 나를 비웃으며 그냥 열심히 살면 된다고 말하지만 그들도 역시 불안한 눈빛은 숨길 수 없지. 무엇을 찾아 헤매는지 나도 몰라. 나의 방황의 시간이 얼마나 걸릴지도 몰라. 그래도 나는 찾고 싶어 진짜 나를.

청소 당번 아이들이 청소하는 동안 창밖을 바라보며 랩을 웅얼거렸다. 멀리 먹구름이 한 무더기씩 몰려 있는 걸 봐선 쉽게 그칠 비가 아니었다. 습도가 높아서인지 교복은 아직도 축축했다. 또다시 비를 맞고 집에 갈 일이 암담했다.

"넌 왜 집에 안 가니?"

수아가 물었다. 수아는 항상 교실 뒷정리까지 확인하고 집에 간다. 반장이 월급 받는 직업도 아니고 오버한다는 생각이 들긴 했지만 책임감 하나는 끝내준다는 생각도 들었다.

"약속 있어서."

"혹시, 우산 없으면 내가 정류장까지 같이 가 줄까?"

눈치 빠른 수아는 내 표정을 읽은 것처럼 말했다.

"아냐, 됐어."

난 이번에도 창밖을 보며 무심하게 대답했다.

"그럼 교실 문 닫을 거니까 다른 데 가서 기다려."

수아 말투가 갑자기 딱딱하게 느껴졌다.

얼마 전 수아를 편의점에서 만났다. 아빠와 엄마가 싸우는 게 보기 싫어 밤거리를 배회하던 중이었다. 마땅히 갈 데 없는 나를 받아 주는 건 편의점뿐이었다. 아르바이트 형은 계산대에서 꾸벅꾸벅 졸고 있었다. 손님이라곤 테이블에서 컵라면을 먹고 있

는 여자 한 명뿐이었다. 여자는 긴 머리가 흘러내리는지 한쪽 손
으로 머리를 잡고 먹었다.

라면 냄새가 코를 자극했다. 나는 새우 컵라면을 집어 들고 계
산대 앞으로 갔다. 아르바이트 형은 내가 저기요, 하고 부르자 화
들짝 놀라며 잠이 덜 깼는지 눈동자도 제자리로 돌아오지 않은
상태에서 눈을 부릅뜨고 바코드를 찍었다. 마치 야동이라도 보
다 선생님한테 들킨 얼굴이었다.

뜨거운 정수기 물을 컵라면에 붓자 굳었던 내 마음도 라면처
럼 느슨하게 풀어졌다. 조심스레 컵라면을 들고 간이 테이블로
갔다. 그런데 옆에 앉은 여자가 나를 계속 힐끔힐끔 쳐다보는 게
느껴졌다. 신경이 거슬려 여자가 고개를 들어 똑바로 쳐다볼 때
까지 주시했다. 순간 여자와 정면으로 눈이 마주쳤다.

"헉! 너였니?"

수아였다. 너무 놀라 하마터면 컵라면을 쏟을 뻔했다. 수아라
서가 아니라 그 애의 옷차림과 진한 화장 때문이었다. 수아는 그
런 나를 보고 피식 웃었다.

"나 좀 야하지?"

"어? 으……응."

난 당황스러움을 감추지 못하고 어정쩡하게 대답했다. 수아는 평소에 맨얼굴로 다녔고 다른 여자애들이 얼굴에 회칠을 하건 립스틱을 새로 샀다고 자랑을 하건 관심 없어 보였다.

　"언니 결혼식 끝나고 피로연에서 같이 노느라 어른 흉내 좀 내 봤어. 새아빠가 언니 손 잡고 예식장 들어가는데 어째 기분이 좀 이상하더라. 겨우 일 년 반 같이 살고 친아빠 행세하는 꼴도 보기 싫고. 그래서 기분 전환 겸 얼굴에 색칠 좀 했지."

　"그랬구나."

　"도저히 못 봐주겠냐? 어째 네 얼굴이 벌레 씹은 얼굴이다."

　"아, 아냐. 그냥 달라 보여서……."

　나는 대충 수아 기분을 눈치챘다.

　"야! 그럴 땐 예쁜데 뭘! 그러면서 시크하게 말하는 거야. 너도 여자 친구 사귀긴 글렀다. 대화 스킬이 너무 부족해."

　"어? 그래?"

　내가 생각해도 나 자신이 티 나게 어리바리했다. 학교에선 수아와 개인적인 얘기를 한 번도 해 본 적이 없어서일까. 마치 오늘 처음 만난 여자와 얘기하는 기분이 들었다.

　얘기하는 동안 컵라면에 물을 부은 지 3분이 넘어 버렸다. 난 뚜껑을 열어 젓가락으로 라면을 휘휘 저었다. 조금 불었지만 역시 편의점 라면 맛은 진리였다.

"근데 넌 이 시간에 웬일이야?"

수아가 물었다.

"나? 나야 가끔 컵라면 먹고 싶으면 와."

"집이 이 근처야?"

"좀 떨어졌는데 여기가 맛있어서."

"그 라면이 그 라면이지 뭐가 더 맛있다는 거야?"

"장소에 따라 라면 맛이 달라진다는 걸 모르다니 안타깝다."

"피."

수아가 김새는 소리를 냈다. 나는 얼른 화제를 바꿨다.

"근데 너네 언니 되게 빨리 시집갔다. 너랑 나이 차이 많이 나나?"

나름 아까보다 훨씬 자연스러워진 것 같았다.

"다섯 살. 우리 언니가 예뻐서 그런지 쫓아다니는 남자가 많았어. 남자들은 여자 고를 때 기승전 예쁨이라며?"

수아는 말하는 것과 달리 표정은 몹시 서운해 보였다.

"요즘엔 결혼을 늦게 하는 게 트렌드라던데, 좀 남다르다."

"벗어나고 싶었대. 나도 할 수만 있으면 빨리 벗어나고 싶다."

"어딜?"

"개뼈다귀 같은 우리 집."

"꼭 결혼해야 벗어나는 건 아니잖아?"

"그렇지. 내 말이 그 말이야. 너 생각보다 말이 잘 통한다."

수아가 웃으며 말하자 고르고 하얀 이가 도드라져 립스틱 바른 입술이 더 빨갛게 보였다.

"나도 마찬가지야."

난 수아를 따라 웃다 문득 뻐드렁니가 신경 쓰여 입을 조금 벌리고 웃었다.

"사실 우리 언닌 고2 때 퇴학당하고 놀고 있었어. 막 나가는 언니가 엄마한텐 늘 골칫덩이였지. 아빠랑 이혼하고 새 인생 시작했는데 혹덩이가 두 개나 붙어 속을 썩이니 안 그렇겠어? 누가 그러더라, 재혼도 능력이라고. 우린 엄마가 그렇게 빨리 재혼할 줄 몰랐거든."

수아는 묻지도 않은 말을 쏟아 냈고 실실 웃기까지 했다. 울분이 차 있는 것 같기도 하고 그대로 두면 뭔 일을 낼 것 같은 분위기였다. 학교에서 본 수아와 너무도 달라 어떻게 대응해야 할지

막연하기도 했다.

"라면 다 먹었니?"

나는 또 한 번 화제를 바꿨다. 가뜩이나 우리 집도 복잡한데 수아네 집안일까지 끼어들어 왈가왈부하고 싶지 않았다.

"응. 후식으로 아이스크림이나 먹자. 언니 시집간 기념으로 내가 쏠게."

말이 끝나기가 무섭게 수아가 벌떡 일어나자 수아의 짧은 시폰 원피스가 허벅지까지 펄럭였다. 옅은 향수 냄새까지 났다. 누가 봐도 나보다 한참 누나처럼 보였다.

딸기 콘과 블루베리 콘을 들고 온 수아는 내게 블루베리 콘을 내밀었다. 그러더니 딸기 콘 가장자리를 핥아 먹으며 또다시 내게 말을 붙였다.

"이거 다 먹을 동안 나랑 같이 있어 줄 수 있어?"

"그래."

난 대수롭지 않게 대답했다. 그런데 수아는 그때부터 얘기하는 걸 멈추고 아이스크림만 오래도록 먹었다. 나도 따라서 최대한 천천히 먹었다. 무슨 말을 꺼낼까, 조금 긴장도 됐다. 그런데 수아는 딸기 콘을 다 먹고는 가겠다는 인사도 없이 편의점을 나갔다. 난 화장실을 간 줄 알고 한참을 기다렸다. 하지만 수아는 오지 않고 밤은 더 깊어 갔다.

편의점을 나와 집으로 발길을 돌렸다. 밤바람에 실려 온 옅은 아카시아 향이 코끝에 머물다 사라졌다. 늦은 시간이라 수아가 집에 잘 들어갔을까, 걱정되긴 했지만 일부러 연락해서 확인하고 싶진 않았다. 수아와 그렇게 긴 얘기를 한 건 처음이었다. 우리 반 여자애들을 통틀어서도 마찬가지만.

다음 날, 학교에서 다시 만난 수아는 간밤에 있었던 일에 대해서는 단 한마디도 하지 않았다. 그저 주어진 일을 딱 부러지게 하는 반장의 모습으로 돌아와 있었다.

여자는 알 수 없는 존재. 알려고 할수록 미로 속에 빠지지. 잡을 수도 없고 잡히지도 않는 심해의 인어 같아. 때론 요정처럼 신비롭고 때론 나비처럼 어디론가 날아가 버리지.

가방을 메고 1층으로 내려가며 중얼거렸다. 수아에게 핸드폰을 빌려 엄마한테 전화하지 않은 걸 후회했다. 오늘따라 이상하게 우산을 가지고 오겠다는 엄마 목소리가 귓전에 맴돌았다.

내 금쪽같은 스마트폰이 망가진 전말은 이렇다. 공부하는 시간 외엔 힙합 음악을 듣는 게 유일한 낙이었다. 아빠는 평상시 워낙 늦게 들어오니까 함께 밥 먹는 일이 거의 없었고, 어쩌다 같이 먹게 돼도 대화하면서 밥 먹는 분위기가 아니었다. 난 평상시처럼 이어폰을 끼고 힙합 음악을 들으며 밥을 먹었다. 그런데 하필 그때 아빠가 말을 시켰고 나는 이어폰에서 흘러나오는 노랫소리에 심취해서 아빠 목소리를 듣지 못했다.

"밥상머리에서 뭐 하는 거냐? 자식이 예의가 없어!"

순간, 아빠는 내 스마트폰을 뺏어 있는 힘껏 벽에 던져 버렸다.

"저 녀석 다신 핸드폰 사 주지 마!"

엄마한테 당부까지 했다.

그때 일이 떠오르자 머리가 지끈거렸다. 비는 계속 내리고 텅 빈 운동장엔 미처 하수구로 흘러가지 못한 빗방울들이 크고 작은 물웅덩이를 만들고 있었다.

"제길! 도대체 나더러 어쩌라는 거야."

축축한 운동화를 신발주머니에서 꺼내며 혼잣말로 투덜거렸다. 양말은 교실에서 삼선 슬리퍼를 신고 있는 동안 말랐는데, 젖은 운동화를 신자 습기가 다시 양말로 스며들어 금세 눅눅해졌다.

'어차피 다 젖을 텐데 양말이 대수겠어.'

난 체념한 상태로 비를 맞으며 운동장을 털벅털벅 걸었다. 봄비치곤 정말 대책 없이 내렸다. 저번처럼 뛰고 싶지도 않았다. 양말이 젖었다는 것만으로 이미 온몸이 젖어 버린 느낌이었다. 수아가 이런 내 모습을 보면 잘난 척하더니 꼴좋다며 비웃을 것만 같아 뒤통수가 화끈거렸다.

또다시 빗소리에 맞춰 랩을 불렀다. 하고 싶은 말을 랩으로 부르자 시궁창 같은 마음이 맑게 정화되는 것 같았다. 그때 지나가던 아줌마가 나를 안쓰럽게 쳐다보며 다가왔다.

"집이 어디니?"

아줌마는 질문과 동시에 어느새 내 머리 위에 우산을 씌웠다.

"괜찮아요!"

난 우산을 빠져나와 일부러 빨리 걸었다. 시시한 동정 따윈 받고 싶지 않다. 예전에도 지나가던 사람이 우산을 씌워 준 적이 있는데 처음엔 몇 학년이냐고 묻더니 나중엔 시시콜콜 호구 조사까지 했다. 왜 어른들은 작은 친절을 베풀고서 집안 내력까지 알고 싶어 하는지 모르겠다.

다행히 비가 점점 수그러들고 있었다. 이때다 싶어 집을 향해 달렸다. 다시 비가 세차게 내리기 전에 뛰어가는 게 나을 것 같았다.

헐떡거리며 집에 도착했다. 난 엄마한테 화풀이할 생각으로 뻐드렁니를 앙다물었다. 그런데 이상하게 현관문이 반쯤 열려 있었다. 집 안에서 뿜어져 나오는 공기도 평소와 달랐다. 마치 아무도 살지 않는 빈집 같은 느낌. 이건 뭐지?

"엄마!"

큰 소리로 엄마를 불렀다.

대답이 없었다. 내 목소리는 좁은 집 안을 한 바퀴 삥 돌고 다시 내 귀에 꽂혔다. 나는 그 자리에 주저앉았다. 늘 나를 불안하게 했던 예감, 그 예감이 현실이 되고 말았다.

아빠의 폭력은 작년 여름, 노로바이러스와 함께 시작됐다. 처음엔 말다툼 끝에 엄마의 따귀를 때렸다. 엄마가 그렇게 꺼이꺼이 소리 내서 우는 걸 처음 봤다. 외할머니가 돌아가셨을 때보다 더 서럽게 울었다. 이해할 수 없는 건, 아빠는 엄마가 그렇게 울어도 달래주기는커녕 콧방귀도 안 뀌더니 다음 날엔 비굴하게 보일 정도로 엄마한테 잘해 줬다. 연고를 사 와서 발라 주고 다시는 안 그러겠다는 약속을 무릎까지 꿇어 가며 했다.

하지만 그것을 시작으로 한 대가 두 대가 됐고 손찌검하는 횟수가 점점 늘어났다. 결국, 엄마는 경찰에 신고했고 아빠는 현행범으로 체포됐다. 경찰서에 다녀온 후, 아빠도 충격이 컸는지 한동안 잠잠했다. 하지만 아빠의 폭력은 잊을 만하면 한 번씩 부메랑처럼 되돌아왔다. 보다 못해 나도 아빠를 신고하고 경찰서에 따라갔다. 그런데 가정 폭력이라는 게 반성문 같은 진술서 한 장으로 마무리됐다. 진짜 허술하기 짝이 없는 처방이었다. 덧붙여 경찰 아저씨도 지친다는 듯이 한마디 했다.

"제가 순찰하면서 횟집 아저씨 많이 봤는데요. 정말 인정 많으신 분 같던데요. 가끔 커피도 내려 주시고 뜨끈한 국물도 주시고……. 식구들이 잘 좀 해 주세요. 요즘 장사하는 사람들 힘든 거 아시잖아요."

경찰 아저씨는 어깨가 축 처진 아빠를 측은하게 바라보며 말했다. 아빠와 안면이 있어서 그런지 아빠를 더 안쓰럽게 여기는 것 같았다. 내가 봐도 경찰서에 끌려온 아빠는 집에서와는 백팔십도 달라 보였다. 집에서 할리우드 액션을 펼쳤다면 경찰서에선 감성 배우로 연기 변신을 하는 모양새였다.

"제가 술 먹고 잠깐 정신이 나갔나 봅니다. 제가 죽일 놈이에
요. 흑흑!"

아빠는 술 핑계를 대면서 참회의 눈물까지 흘렸다. 저 정도의
연기력이면 지금 당장 할리우드에 진출해도 손색없어 보였다.

"아저씨가 술기운에 실수하신 것 같은데 용서해 주시죠?"

"지금 누구 편을 드는 거예요? 제가 오죽하면 신고했겠냐고
요? 아들하고 저하고 얼마나 불안한 줄 아세요?"

엄마가 답답해하며 하소연하자 경찰은 남편을 구속시키고 싶
으면 증거 사진과 함께 진단서를 떼 오던가 변호사를 선임해서
접근 금지 명령을 받으라고 단호히 말했다. 엄마를 오히려 불쌍
한 남편을 잡아먹으려는 억척 아줌마처럼 대했다. 옆에서 듣고
있던 나도 더는 참기 힘들었다.

"경찰에 신고해 봤자네요. 여긴 가해자를 위한 경찰서인가요?"

"어이! 학생. 말 그렇게 함부로 하면 혼나. 아빠 전과자 만들지
말고 집에 가서 부모님한테 잘해. 알았지?"

"왜 애한테 그러세요? 누가 우리 애 훈계하랬어요? 저 사람이
문제라니까요!"

엄마가 고개를 숙이고 아무 말도 하지 않는 아빠를 노려보며

말했다.

"아휴! 이 정도 불화는 어느 가정에나 있습니다. 이렇게 가벼운 폭력으로 자꾸 경찰 부르시면 진짜 달려가야 할 큰일엔 우리가 출동하기 어렵습니다. 어지간한 일은 가정 내에서 해결하시고 서로 양보하면서 사세요. 정 못 살겠으면 절차 밟아 이혼하시고요."

아빠 나이 또래로 보이는 경찰은 엄마에게 충고 섞인 말을 내뱉고 컴퓨터 앞에서 서류 작성하기에 급급했다. 마치 우리 가족이 심심풀이로 신고하고 경찰서에 실적 건수 올려 주러 온 것 같았다. 도대체 뭘 믿고 경찰에 신고하라는 건지, 경찰서에 붙은 가정 폭력 포스터를 떼어 갈기갈기 찢어 버리고 싶었다.

그 뒤로 아빠는 신고하려면 하라는 투로 배짱을 튕겼다. 엄마가 이혼하자고 하면 엄마한테 때리는 것보다 더한 욕설을 퍼부었다. 절대 순순히 이혼해 줄 사람이 아니란 건 엄마도 알고 나도 알고 있었다.

"아빠, 그만 좀 하세요! 언어폭력도 범죄라고요."

"이 자식이 어디서 눈을 부라려! 내가 너를 그렇게 가르쳤냐?"

어느새 아빠의 오른손이 올라갔다.

"또 치려고요? 그래요, 치세요! 차라리 어디 한군데 부러뜨리고 저는 병원에 실려 가고 아빠는 이번에 확실히 감방에 가세요!"

나는 악다구니를 쳤다. 두 번 다시 어설프게 대응하고 싶지 않았다.

"나 때는 말야, 부모님이나 선생님이 때리면 무조건 맞았어! 다 맞을 만하니까 맞는 거고 때릴 만하니깐 때리는 거야. 어디서 감히 부모를 신고해!"

아빠는 끝까지 큰소리를 쳤고 나는 아빠의 전근대적인 사고방식을 도저히 용납할 수 없었다. 요즘 유행하는 라떼는 말이야, 라는 꼰대 언어를 듣는 순간엔 엄마가 계속 참고 살겠다고 해도 말리고 싶었다.

내 등에 화상 자국이 생긴 날을 생각하면 지금도 치가 떨린다. 그날도 엄마는 멍이 가시지 않은 상태로 저녁 준비를 하고 있었다. 그때 취해서 들어온 아빠가 소리를 질렀다.

"도대체 집구석에서 뭐 하고 있는 거야? 나 혼자 잘 살자고 이러는 거야!"

"내가 집에 있고 싶어서 있어? 얼굴이 이 모양인데 어딜 나갈 수가 있어야지!"

엄마는 달걀프라이를 하다 말고 아빠에게 따졌다.

"가장이 힘들게 일하고 들어왔는데 뭔 말이 그렇게 많아!"

아빠가 뜨겁게 달아오른 팬으로 엄마를 치려 했다. 난 그걸 보고 황급히 막아서다 엄마 대신 맞고 말았다. 그때 내 등에 동그란 프라이팬 자국이 생겼다. 너무 놀라서 뜨거운 줄도 몰랐다. 그저 엄마를 부둥켜안고 꼼짝하지 않았다.

그 뒤로 등에 난 화상 자국보다 아빠에 대한 공포가 더 크게 자리 잡았다. 엄마에게 느꼈던 동정심도 공포심에 깔아뭉개졌다. 그때 이후로 큰소리가 나면 무조건 내 방에 들어가 침을 뱉었다. 오스트랄로피테쿠스, 호모 사피엔스, 호모 파베르…… 도구를 사용하는 거지 같은 인간. 젠장!

어제도 우리 집에선 한바탕 전쟁이 치러졌다. 엄마는 마감 뉴스가 끝나고 평소보다 일찍 잠자리에 들었고 아빠는 검은 비닐봉지를 들고 늦은 시간 털레털레 들어왔다. 비닐봉지 속에는 다른 때와 마찬가지로 소주 두 병이 들어 있었다. 아빠 몸은 이미 술에 절어 있었지만 그것으론 부족한 모양이었다.

"허구한 날 술독에 빠져서 집에 들어오고 싶어?"

"단골손님하고 술 한잔했어. 왜? 이것도 안 돼?"

"주인이 그 모양이니 장사가 제대로 되겠냐고!"

엄마도 갈수록 아빠를 거칠게 대했다. 아빠는 곧바로 부엌에서 술잔을 꺼내 식탁에 탁 내려놨다. 내 귀에서 사이렌이 울렸다. 나는 곧장 내 방으로 들어가 문을 잠그고 쥐 죽은 듯 엎드려 귀를 막았다. 귀를 틀어막아도 티격태격하는 소리가 들렸다.

엄마는 그 와중에도 아빠를 가르치려 애썼다.

"동네 창피하니까 곱게 마시고 들어가 자. 자식한테 부끄럽지도 않아?"

"내가 창피하다고?"

아빠는 술을 연거푸 들이켜더니 신발장 위에 있는 우산을 들고 엄마를 교육했다. 난 모르는 척했다. 난 겁쟁이니까. 그동안 충분히 교육받았으니까.

반칙이야!

　그렇게 엄마는 떠났다. 영화나 드라마에선 떠날 때 편지나 쪽지 같은 걸 남기던데, 엄마는 그 어떤 것도 남기지 않았다. 모든 걸 고스란히 나한테 떠넘기고 몸만 빠져나갔다.

　'비겁한 엄마…….'

　전쟁터에 자식을 두고 혼자 살겠다고 떠나 버린 것과 같았다. 난 하루에도 몇 번씩 엄마를 원망했다. 이건 정말 말도 안 되는 반칙이었다. 나도 집을 나가고 싶을 때가 많았지만 엄마 때문에 참고 산 건데, 엄마가 먼저 가출을 했다는 건 엄연한 배신이었다. 아빠는 엄마가 떠난 후로도 하루가 멀다 하고 술을 마셨고 살림살이를 하나씩 부서뜨렸다. 나도 조금씩 부서졌다.

작년에 나도 가출한 적이 있긴 하다. 아빠가 나에게 처음으로 술 심부름을 시킨 날이었다. 엄마는 외출하고 없었다.

"아빤 내가 미성년자라는 걸 몰라요?"

"아빠 심부름 왔다고 해. 슈퍼에서 네가 내 아들인 거 다 아는데 뭐가 문제야?"

"싫어요! 정말 무식해."

무심코 내뱉어진 말에 아빠 얼굴이 일그러지더니 곧바로 신발장 옆에 있는 우산을 집어 들었다.

"건방진 자식!"

난 아빠가 치켜든 우산을 잡았다. 엄마처럼 맥없이 맞고만 있을 순 없었다. 아빠는 당황했는지 우산을 팽개치고 주먹으로 나를 치려 했다. 순간 나는 아빠를 있는 힘껏 밀치고 내 방에 들어가 문을 잠갔다. 방문을 부수고 들어올까 봐 심장이 오그라드는데, 다행히 조용했다. 그날 밤 모아 놓은 용돈을 챙겨 가방을 쌌다. 학교도 그만둘 생각이라 가방 속에 있는 책을 모조리 꺼내 놓고 옷을 주섬주섬 담았다. 떠날 생각을 하자 티셔츠부터 바지, 속옷, 양말까지 챙길 게 한두 가지가 아니었다. 내가 가방을 싸고 현관문을 열고 나올 때까지 안방에서는 아빠의 코 고는 소리만

들렸다.

　막상 집을 나오자 어디로 가야 할지 암담했다. 일단 버스 정류장으로 향했다. 버스 안내 표지판엔 차고지 대기라는 노란 불빛만 껌뻑거렸다. 버스가 이렇게 빨리 끊길 줄 알았다면 좀 더 일찍 나올 걸 싶었다. 지나가는 사람도 없었다. 한참을 버스 정류장 벤치에 넋을 놓고 앉아 있었다. 길 건너편엔 노숙자처럼 보이는 아저씨가 느릿느릿 걸어가고 있었다. 마치 좀비 같았다. 아저씨가 나를 쳐다보고 걸음을 멈추자 무서운 마음이 왈칵 들었다.

　'천하에 중2가 노숙자한테 쫄다니!'

　스스로 겁쟁이란 걸 인정하는 것 같았다. 다행히 편의점 불이 켜져 있었다. 편의점에 들어가자 그나마 안전하게 느껴졌다. 역시 편의점은 편하고 의리 있는 곳이었다. 그렇다고 편의점에서 날이 샐 때까지 있을 순 없었다. 컵라면과 삼각김밥을 최대한 천천히 먹으면서 시간을 때웠다. 갑자기 목울대까지 서글픔이 차올랐다. 편의점 창밖을 멍하게 쳐다보며 울음을 삼키고 있는데 사거리 노래방 간판이 내게 윙크를 퍼붓듯 깜빡거렸다. 이어 그 건물 꼭대기 층에 '24시 찜질방'이란 빨간 글자가 나를 내려다보며 씨익 웃고 있었다.

'유레카!'

암흑 속 길 잃은 돛단배가 등대를 발견한 기분이었다. 가방을 메고 곧바로 찜질방으로 직진했다. 매표소엔 남자 직원 한 명이 있었다. 나는 번호 키를 받아들고 보관함 앞에서 곧장 찜질복으로 갈아입었다. 찜질방은 평일인데도 사람이 많았다. 토굴마다 전자 온도계를 확인하며 쉴 만한 곳을 찾아봤지만 모두 찜통이었다. 그나마 황토방이 온도가 제일 낮았다. 하지만 황토방에서 눈을 감고 3분 정도 지났을까, 1분이라도 더 버티다간 내 몸이 아이스크림처럼 흐물흐물 녹아내릴 것 같았다.

뛰쳐나와 또다시 발견한 곳은 게임실이었다. 우리나라 찜질방에 게임실이 있다는 건 어느 나라도 흉내 낼 수 없는, 유네스코에라도 등재할 만한 일이었다. 게임을 시작하자 잡념도 없어지고 시간도 잘 갔다. 그런데 따뜻한 곳에서 주구장창 게임을 했더니 노곤했다. 남자 수면실로 올라가 잠을 청했다. 그런데 어딜 가도 방해꾼은 꼭 있었다. 옆에 코 고는 아저씨 때문에 잠을 잘 수가 없었다.

'쳇! 코 골기 대회 나가면 우리 아빠와 박빙이겠네.'

짜증이 나서 나와 버렸다. 그나마 옆에 산소방이 있어 잠을 청할 수 있었다.

　얼마나 잤는지 모르겠다. 아침에 청소하는 아줌마가 깨웠다.

　"뉘 집 아들인고?"

　"아~흠~."

　나는 잠결에 엄마가 학교 가라고 깨우는 줄 알고 있는 힘껏 기지개를 폈다.

　"니 집 나왔제? 학교 안 가나?"

　그제야 아줌마 목소리가 낯설다는 걸 깨닫고 정신이 들었다.

　"안 가요."

　"왜? 딱 보니까 중학생처럼 보이는데."

　"그건…… 오늘 개교기념일이니까요."

　"개교기념일? 너 같은 애들 내가 많이 봐서 안다. 어서 집이든 학교든 가라. 네 엄마 걱정시키지 말고."

　아줌마는 내 말이 시답잖다는 표정을 지었다.

　"진짜라니까요. 저한테 왜 그러세요?"

　"내 오늘만 봐줄 테니 해지기 전에 들어가라. 안 그러면 가출 청소년이라고 확 신고해 버린다. 알겠지?"

　아줌마는 실실 웃으며 청소기를 밀면서 다른 곳으로 갔다.

결국, 난 오래 버티지 못하고 밖으로 나왔다. 솔직히 답답해서 더 있으래도 있기 싫었다.

지하철을 탔다. 광화문에서 내려 세종대왕과 이순신 장군 동상을 올려다봤다.

'두 사람은 후세에 교과서에도 실리고 이렇게 도시 한복판에 동상으로 세워질 줄 알았을까?'

종로 5가까지 온갖 잡생각을 하며 걷다가 늦은 밤 집으로 향하는 버스에 올랐다. 마땅히 갈 곳도 없고 돈도 부족했다. 이대로 거리를 떠돌다간 후세에 길이 남을 위인은 못 될망정 어제 본 노숙자 신세가 될 게 뻔했다.

하루 만에 집에 다시 들어가려니 가출이라고 명분 짓기도 머쓱해서 일부러 화가 안 풀린 척 씩씩거렸다. 엄마는 그런 나를 보고 한숨을 푹 내쉬더니 부엌으로 가서 밥부터 차려 줬다.

"학교도 안 갔다며? 네 마음대로 하니까 마음이 좀 풀리디?"

엄마가 밥 먹는 내 얼굴을 찬찬히 쳐다보며 물었다.

"아니."

엄마는 더는 묻지 않았다.

내가 가출했다고 변한 건 아무것도 없었다. 오히려 가출한 게 약점이 되고 말았다.

"네까짓 게 나간다고 누가 눈 하나 깜빡할 줄 아냐! 이참에 학교도 그만두지 그랬냐?"

아빠는 한동안 승전가를 부르듯 큰소리를 쳤고 난 찍소리도 못 냈다. 그날 이후 난 단 한 번도 가출한 적이 없다. 그래서 엄마도 나처럼 다음 날 조용히 돌아올 줄 알았는데, 며칠이 지나도록 소식이 없다.

우리 집엔 우산 두 개가 신발장 옆에 세워져 있다. 하나는 싸구려 투명 비닐우산이고 또 하나는 체크무늬 자동 우산이다. 둘다 구멍 나고 잘 펴지지 않는 고물 우산이다. 멀쩡한 우산도 아빠 손에 들리면 무기로 돌변해 금세 망가져 버리고 만다. 엄마만 쓰는 양산 겸용 우산이 하나 더 있기는 한데 그것만 사계절 내내 신발장 위에 올려져 있었다. 엄마와 함께 사라진 건 그 우산뿐이다. 그 우산은 원래 외할머니가 쓰시던 거다. 외할머니는 시골에서 혼자 사시다 몇 해 전 돌아가셨다. 엄마는 장례가 끝나고 외할머니 집에서 그 우산과 빛바랜 사진첩을 들고 왔었다. 그리고 신발장 위에 영정 사진처럼 모셔 놨었다.

엄마 생각을 하자 내가 그 우산보다 못한 것 같아 화가 났다.

나는 씩씩거리며 고장 난 비닐우산과 체크무늬 우산을 들고 밖으로 나갔다. 그리고 집에서 한참 떨어진 공터에 버렸다. 우산이 없었더라면 엄마가 조금 덜 맞았을지도 모른다. 우산이 현관문 앞에 떡하니 자리 잡고 있으니 아빠가 때리고 싶은 마음이 생긴 것 같았다.

아빠는 오늘도 소주를 들고 왔다.

"가온아, 내가 뭘 그렇게 잘못했냐? 아빠가 그렇게 나쁜 사람이냐?"

아빠는 엄마가 집을 나간 첫날부터 나를 앉혀 놓고 했던 말을 하고 또 하고, 같은 말을 묻고 또 물었다.

나는 고개만 푹 숙이고 있었다. 술 취한 아빠를 마주 대하고 있는 자체로 고문이었다.

"너무 걱정 마라. 엄마가 널 두고 멀리 갈 리 없어."

아빠는 위로랍시고 몇 마디 했다. 그러더니 갑자기 트집을 잡기 시작했다.

"짜식이 말이야. 엄마가 속상해하면 웃겨 주고 그래야지. 사내놈이 재미가 없어!"

"왜 나한테 그래요? 이게 다 아빠 때문인데!"

몸이 부르르 떨렸다. 계속 앉아 있다간 무슨 일이 벌어질지 몰랐다. 벌떡 일어나 밖으로 뛰쳐나왔다. 뒤에서 욕하는 소리가 들렸지만 신경 쓰지 않았다.

동네를 한 바퀴 돌고 놀이터 그네에 앉았다. 아빠가 잠들기를 바랄 뿐이다. 그때 등 뒤에서 낯익은 목소리가 들렸다.

"여서 뭐 하노?"

"형!"

앞집 동건이 형이었다. 형은 우리 집 맞은편에 산다. 내가 중학생이 되던 해, 부산에서 이사 왔다. 그땐 형이 중3이었다. 지금은 내가 중3이 되고 형은 고2가 되었지만. 동건이 형은 지금도 나를 보면 사투리를 쓴다.

이삿날, 형은 낯선 도시로 이사 온 게 내키지 않아 보였다. 사람들이 바삐 이삿짐을 나르는 내내 팔짱을 끼고 대문 앞 의자에 앉아 있었다. 먼저 말을 시킨 건 나였다.

"그 의자 할머니 건데……."

"느그 할매 꺼라꼬?"

"아니. 그 집에 살던 할머니 거였다고."

"근데 와 니가 상관인데? 좋은 말로 할 때 꺼지라."

동건이 형은 금방이라도 폭발할 것 같은 인상을 쓰며 말했다.

"할머니가 항상 그 의자에 앉아 있었거든……."

"그래서 머? 우짜라고?"

"아니, 그냥 그랬다고……."

나는 이사 간 앞집 할머니에 대한 서운함을 그렇게 표현했다. 할머니는 의자에 앉아 오가는 사람들을 쳐다보는 걸 좋아했다. 내가 학교 갔다 오면 엄마보다 할머니가 먼저 반겨 주었다. 나 역시 할머니한테 학교에서 있었던 일이며 주변에서 일어난 일들을 일일이 얘기했다. 어릴 때부터 하도 오랫동안 할머니를 봐 와서 남 같지 않았다.

"할머니, 저 내일 체험 학습 가요."

"가온이는 좋겠네."

"엄마가 김밥 싸 주면 할머니한테도 갖다 드릴게요."

가끔 아양 떠는 손자 노릇을 할 때도 있었다. 할머닌 그럴 때면 용돈까지 쥐여 주었다. 한사코 뿌리쳤지만 맛있는 거 사 먹으라며 기어이 내 주머니에 찔러주었다. 그런데 어느 날부터 할머니를 볼 수 없었다. 요양원에 가셨다는 얘기만 엄마한테 전해 들었다.

난 골목을 지날 때마다 할머니 생각이 났다. 특히 대문 앞에 놓인 빈 의자를 보면 금방이라도 할머니가 가온이 왔니, 하며 반겨 줄 것 같았다.

"형은 우리 학교로 전학 오는 거야?"

나는 형이 까칠하게 대해도 집요하게 말을 붙였다.

"느그 학교가 어덴데?"

"진흥 중학교 1학년 5반."

나는 얼결에 묻지도 않은 학년과 반까지 말해 줬다.

"맞다. 우리 엄마가 진흥인가 뭔가 하는 학교로 전학시켰으니까."

"형은 몇 학년 몇 반이야?"

"3학년. 반은 아직 모리고. 니 여 사나?"

형이 우리 집을 가리키며 물었다. 아까보다 훨씬 누그러진 표정이었다.

"응."

"글나."

형은 끝까지 투박하게 말했지만, 나를 밀어내진 않았다.

"근데 니 이름은 뭐꼬?"

"명가온."

"가온? 흔한 이름은 아니네. 경상도에선 뭘 가온나, 하면서 놀리겠다."

"세상의 중심이 되라는 뜻으로 아빠가 지었대. 형 이름은?"

"음…… 내는 장동건."

형은 잠깐 뜸을 들이다 말했다.

"영화배우랑 이름이 똑같네!"

"우리 엄마가 장동건을 엄청시리 좋아해가 그리 지었단다. 내일 학교서 내 소개하면 아들이 웃을 낀데 걱정이다카이."

난 아들이란 말에 깜짝 놀랐다.

"형, 아들이 있어?"

"빙신! 아들이 아니라 애들 말이다. 내 이래서 사투리를 안 쓸라 카는 기다."

형은 이름과 사투리 때문에 스트레스를 받는 것 같았다. 얼굴이 도시적이어서 사투리는 안 어울리는 것 같지만, 이름은 어울린다고 생각됐다. 눈썹도 진하고 코도 오똑해서 진짜 영화배우 장동건과 닮아 보였다.

"형, 나한텐 사투리 편하게 써도 돼. 귀에 쏙쏙 들어오고 재밌는걸."

"글나? 다행이네. 사실 거도 요새 내 또래 아들은 거의 표준말 쓴다카이. 억양이 세서 그렇지, 누가 뭐래도 난 내 고향 사투리가 좋다."

"그렇담 이 동네는 내 고향이니까 궁금한 거 있으면 나한테 물어봐."

사실 처음엔 나도 형이 말하는 것 절반 이상을 못 알아들었다. 그래도 형 옆에 바짝 붙어서 집 주변 이곳저곳을 알려 줬다. 기껏해야 학교 위치하고 놀이터, 피시방 정도였지만 내가 아는 걸 가르쳐 준다는 게 뿌듯했다. 동건이 형도 은근히 좋아하는 눈치였다. 그 후로 나는 형을 많이 따랐다. 학교에 같이 가려고 형 집 앞에서 기다리기도 하고 쉬는 시간에 형네 교실을 기웃대기도 했다. 친형이 생긴 것 같아 마음이 든든하고 또래보다 말도 잘 통했다. 어쩌면 내가 친구를 사귀지 않고 버틸 수 있는 이유였을지도 모른다. 하지만 형이 고등학생이 되고부터는 얼굴 보기가 힘들어졌다. 그렇다고 특별한 이유 없이 전화를 걸 수도 없었다. 그냥 오늘처럼 우연이 만나면 반가워하며 스스럼없이 얘기를 나눴다. 부산 사투리도 여전히 남자답고 멋있게 들렸다.

"니, 아빠한테 또 혼났는가베?"

형은 학원 가방을 짊어진 채 옆에 있는 그네에 앉아서 말을 붙였다.

"그런 거 아냐."

"그럼 이 시간에 와 이라고 있노?"

"그냥."

"그냥이라꼬? 느그 엄마 찾겠다. 퍼뜩 드가라. 얼라가 너무 늦게 다니믄 안 된다카이."

형은 마치 내 보호자라도 된 듯 말했다. 그런 형을 보자 나도 모르게 하소연이 술술 나왔다.

"날 찾아야 할 엄마를 내가 찾게 생겼어."

"느그 엄마 어데 갔는데?"

"몰라. 우리 엄마랑 아빤 왜 그렇게 내 속을 썩이는지. 어제 우리 집에서 싸우는 소리 형네 집까지 들렸지?"

"아이다. 하나도 안 들렸다."

형은 듣고도 내가 창피해할까 봐 말을 돌리는 것 같았다. 난 차마 엄마가 집을 나갔다고는 말할 수 없었다.

"형 부모님은 안 싸우셔?"

"쌈? 턱도 없는 소리 마라. 쌈할 시간이 어댔노? 잠잘 시간도 없다카이. 그리고 이미 엄마가 집안을 평정했기 땜에 아빠가 꽉 잡혀 산다 아이가."

"어떻게 집안을 평정했는데? 형 엄마 힘 세?"

"힘? 야가 우끼네. 집에선 먼저 텔레비전 리모컨 쥐고 소파에 누워 있는 사람이 짱인 기라. 알긋나?"

"그런 거야? 처음 듣는 소린데."

나는 형 말을 이해하기 힘들었지만 아빠가 집에 오면 리모컨을 차지하고 아빠가 보고 싶은 것만 보는 걸 보면 맞는 말인 거 같기도 했다.

"그러면 어른들의 세계는 리모컨 쟁탈전으로 승패가 좌우되는 거야?"

"하모!"

동건이 형은 당연하다는 듯 말했다.

난 그게 사실이라면 너무 우스꽝스러운 싸움이라고 생각했다. 차라리 게임이나 가위바위보로 승패를 갈랐다면 덜 웃길 것 같았다.

그저 그런 날

가뜩이나 집이 싫었는데 이젠 더 싫어졌다.

"가온아, 여기 앉아 봐."

아빠는 나를 앉혀 놓고 빈 입을 쩝쩝거리더니 말을 꺼냈다.

"엄마는 곧 돌아올 거니까 넌 아무것도 신경 쓰지 말고 네 할 일만 잘하면 된다. 알았냐?"

"……."

나는 대답하지 않았다. 아빠가 하는 말이 어이없었다. 신경 쓰지 말고 내 할 일이나 잘하라니, 혹시 내가 부른 '무책임한 부모'라는 힙합 가사라도 들은 건가 싶었다.

엄마가 없는 첫 끼를 라면으로 시작했다. 이틀째 연속 식탁에 올라온 라면을 보고는 앞으로 계속 먹어야 할 고정 메뉴처럼 느껴졌다. 문제는 먹는 것만이 아니었다. 시간이 갈수록 빨랫감은 밀리고 집 안에 쓰레기가 쌓여 갔다. 쓰레기만큼 지저분한 온갖 걱정거리도 쌓여 갔다. 학교가 끝나도 집으로 가기 싫었다. 집만 아니면 어디라도 괜찮을 것 같았다. 더군다나 엄마가 없는 집은 이제 더 이상 집이 아니었다.

차라리 수아 엄마처럼 깨끗이 이혼하고 재혼이라도 하던가. 이것도 저것도 마무리 짓지 않고 집을 나가 버리면 나더러 어쩌란 건지. 엄마는 떠나면서 쪽지 대신 돈을 놓고 갔다. 난 그 돈을 엄마가 떠나고 사흘 뒤 부엌 수납장 속 라면 밑에서 발견했다.

만 원짜리 열여덟 장. 큰돈도 그렇다고 작은 돈도 아니었다. 물론 아빠에겐 말하지 않았다. 마음 같아선 그걸 가지고 어디로든 떠나고 싶었지만 그러기엔 턱없이 부족했다.

'이 돈으로 뭘 하지? 엄마를 찾아 나서야 하나?'

난 한참 동안 지폐를 만지작거리며 어떻게 써야 할지 고민했다. 그리고 얼마간 돈을 가방에 넣고 다녔다.

담임이 교무실로 불렀다. 지금껏 살면서 제일 듣기 싫은 소리는 아빠의 '너 여기 앉아 봐'와 선생님의 '너 교무실로 따라와'이다. 그리고 이어지는 뻔한 잔소리.

담임은 작년에 교생 실습을 마친 젊은 여자 영어 선생님이다. 내가 어른이라면 한 번쯤 데이트 신청했을 법한, 이상형에 가깝다. 하지만 그런 사치스러운 마음도 엄마가 곁에 있을 때 느꼈던 감정이다. 엄마가 떠났다는 이유로 난 모든 일에 흥미를 잃었다. 수업 시간에도 엎드려 있거나 창밖을 보고 있을 때가 많았다. 하필 담임 과목인 영어 시간에 넋을 놓고 있었으니 어쩌면 내 이름이 불리는 건 당연했다.

"가온아, 명가온! 너 내 말 안 들리니?"

담임이 내 옆으로 바짝 다가와 물었다. 선생님한테 은은한 비누 향이 났다. 난 선생님 얼굴을 빤히 올려다봤다. 선생님도 나를 빤히 쳐다봤다. 난 잠시 그렇게 선생님을 바라보다 울 뻔했다. 이유 같은 건 없다. 그냥 선생님 얼굴을 가까이서 보자 울컥했다.

"끝나고 교무실로 와라."

담임은 조용히 그 말만 하고 다시 수업을 이어 갔다.

교무실은 조용했다. 난 금방 알 수 있다. 선생님들도 나처럼 학교생활이 재미없다는걸.

"가온이, 너 요즘 무슨 고민 있니?"

어른들이 쉽게 할 수 있는 형식적인 질문이었다. 젊은 선생님
도 별수 없나 보다.

"아니요."

난 고개를 살래살래 흔들며 느리게 대답했다. 고정 질문에 어
울리는 고정 답변이라고 생각했다. 담임이 아무리 인자한 얼굴
로 묻는 들 집안 얘기를 낱낱이 까발릴 얼빠진 놈이 있을까? 하
긴, 아까는 정말이지 아주 잠깐 감정 조절이 안 됐다. 그렇다고
담임이 내 일에 끼어들길 바란 건 아니다. 그냥 내버려 뒀으면
하는 마음뿐이다.

"그럼 수업에 집중하지 못하는 이유를 말해 줄 수 있니?"

담임이 골치 아프게 단답형이 아닌 서술형으로 물었다.

"그냥 졸려서요."

"그렇담 다행인데, 혹시 교우 관계에 문제 있으면 선생님한테
말해라. 알았지? 요즘 학교 폭력 근절 기간인 거 너도 알지?"

담임은 끝까지 친절했다. 내심 아무 일도 아니길 바랐는지도
모른다. 학교에서 왕따니 폭력이니 하는 얘기가 불거지면 담임
이 가장 성가실 테니까.

"네."

난 모범생답게 공손히 인사하고 교무실을 나왔다.

아빠는 늘 나에게 말했다. 사람은 예의가 있어야 사람 노릇을 제대로 하는 거라고. 매번 귀에 못이 박히도록 반복해서 말했다. 가족에게 예의 없는 사람이 남한텐 예의 차리고 잘 보이고 싶어 하는 건 어떤 심리학적 측면인지 연구하고 싶을 정도다. 어쨌건 난 최소한의 예의를 지키며 살았다. 지금은 누가 뭐라 하건 말건 엉망진창, 삐딱해지고 싶지만.

어른들의 질문엔 무조건 YES. 알아들었지? YES. 열심히 할 거지? YES. 다신 안 그럴 거지? YES! 가식적인 대답은 집어치워! 단순하게 YES라고 말해. 우물쭈물 망설일 것도 없어. 누구나 긴 대답은 지겨운 거야. 질문은 길게! 대답은 짧게! 오래도록 생각해서 대답해도 아무도 네 말에 귀 기울이지 않아. 아무도 너의 생각 따윈 중요하게 여기지 않아.

또 다른 안식처

한동안 엄마가 우산을 들고 어디선가 나타날 것만 같았다. 하지만 오늘도 엄마의 빈자리는 채워지지 않았다. 실망스러운 마음에 가방 속에 든 돈을 확인하고 피시방으로 들어갔다. 우울한 집에 우울한 기분으로 있고 싶지 않았다. 비라도 내리면 좋으련만 요즘엔 하늘이 너무 맑은 것도 화가 났다. 화를 쏟아 낼 핑곗거리라도 있으면 좋겠다.

게임을 실컷 하고 시간이 남으면 코인 노래방에서 노래 몇 곡 부르고 집에 들어갈 생각이다. 아무 때고 들어갈 수 있는 피시방과 코인 노래방이 있다는 게 정말 다행이었다. 개인적으로 피시방과 노래방 사장님께 감사패라도 주고 싶었다.

피시방이 아늑하게 느껴졌다. 게임도 잘 풀렸다. 라면까지 먹고 나왔는데 금세 아쉬운 마음이 들었다. 서둘러 코인 노래방이 있는 옆 건물 3층으로 걸음을 재촉했다. 지폐를 동전으로 바꾼 뒤 랩 열 곡을 골라 놓고 고래고래 소리 지르며 부르자 스트레스가 조금 풀리는 것 같았다.

엄마가 떠나고 집에서 이상한 냄새가 났다. 오래 묵힌 김치 냄새 같기도 하고 된장 냄새 같기도 했다. 교과서에 나온 글귀처럼 어머니는 역시 위대했다. 내 생활을 바꾸고 집 안의 냄새까지 바꿔 놓았으니 말이다. 엄마가 떠난 후, 주 2회 영어 학원을 갔다 오는 것 외엔 집에서는 한 번도 책을 펴지 않았다. 정직한 성적은 내가 외면함과 동시에 등을 돌렸다.

모든 게 무의미하게 느껴졌다. 수업 시간은 지루하고 과목마다 뒤죽박죽 정리가 안 됐다. 아무것도 하기 싫고 피시방과 노래방에 달려가고 싶은 마음뿐이었다. 그러다 보니 공부에 관심 없고 놀기 좋아하는 친구가 필요했다. 깊이 사귈 마음이 없으니 아무라도 상관없었다. 점심시간에 뒷자리에 앉은 현규 녀석에게 피시방 갈 생각이 있냐고 물었다. 현규는 웬일로 영어 단어장을 들고 밥을 먹고 있었다.

"안 돼. 오늘 영어 학원 쪽지 시험 있어."

평상시 같으면 두 손 들고 환영할 놈이었다. 엊그제도 피시방에서 게임 하고 있는 걸 봤다. 일부러 아는 척하진 않았지만 그곳에 자주 들락거린다는 건 예전부터 알고 있었다.

"네가 그깟 쪽지 시험 걱정을 다하고 내일은 해가 서쪽에서 뜨겠다."

"학원 빼먹고 피시방 간 거 엄마한테 들켜서 그래."

현규는 감자조림을 푹 떠서 입에 넣으며 말했다.

"모처럼 함께 놀아 주려 했더니 네가 복을 차는구나."

나는 인심 쓰듯 말했다.

"너야말로 같이 가자고 할 땐 콧방귀도 안 뀌더니 웬일이냐?"

"사는 게 심심해서 그런다."

"넌 심심할 틈이라도 있어 좋겠다."

현규는 식판을 갖다 놓으며 빈정거렸다. 평소에 말도 안 붙이던 애가 갑자기 피시방에 가자고 하는 게 좀 이상해 보인 것 같았다. 사실 혼자라도 상관없었다. 어차피 게임은 혼자 하는 거니까.

학교가 끝나고 또다시 피시방으로 직진했다. 눈 깜빡할 사이에 한 시간이 지나고, 두 시간째 이어 게임을 했다. 배 속이 허전해서 핫도그랑 음료수를 사 먹었다. 시계를 보자 아직 놀 시간은 충분했다.

아빠는 요 며칠 술도 마시지 않고 일찍 들어왔다. 어제는 검은 봉지에 소주병 대신 감자탕을 포장해서 들어왔다. 요샌 내가 가게 일을 도와주기는커녕 방문자 리뷰도 보지 않는다. 엄마가 집을 나간 후론 장사가 잘되든 말든 나와 상관없는 일처럼 느껴졌다.

"가온이 너 감자탕 좋아하지? 우리 가게 옆에 감자탕 집이 개업해서 사 왔다."

아빠가 모처럼 밥상을 차리며 말했다. 저녁밥이라고 하기엔 너무 늦은 시간이었지만 생존을 위해서 먹어야 했다. 아빠의 표정이 한결 누그러지고 풀이 죽어 보였다. 그렇다고 뉘우치고 있다는 뜻으로 받아들이기엔 아직 미심쩍은 게 많았다.

텔레비전 뉴스를 보며 감자탕을 꾸역꾸역 먹고 있는데 정치 얘기가 나오자 갑자기 "개소리!" 하면서 아빠가 텔레비전을 껐다. 엄마와 달리 아빠는 뉴스를 유독 싫어했다. 다행히 아빠는 저녁을 먹고 금세 잠자리에 들었다. 나는 늦은 시간 기름진 음식을 먹어서인지 속이 불편해서 밖으로 나와 길고양이처럼 동네를 어슬렁댔다.

더부룩했던 속이 가라앉자 집으로 다시 걸음을 옮기는데 동건이 형네 대문 앞에 있는 의자가 눈에 들어왔다. 오늘따라 달빛이 빈 의자를 무대 조명처럼 은은하게 비춰 주고 있었다. 할머니 모습이 의자 위에 아른거렸다. 나는 조심스레 의자에 앉았다. 여태껏 눈으로만 봤지 앉아 보긴 처음이었다. 왠지 모를 따스함이 밀려왔다. '우리 가온이, 잠이 안 오니?' 하며 할머니가 금세 말을 걸어 올 것 같았다.

잠시 기억에서 희미해진 할머니 얼굴을 떠올리고 있던 차에 터벅터벅 계단 올라오는 소리가 났다.

"오늘은 아예 우리 집 의자에 자리를 잡아뿟네."

동건이 형이었다.

"형! 이제 오는 거야?"

반가운 마음에 의자에서 벌떡 일어났다.

"니가 할매를 못 잊는 것 같아서 내가 그 의자 엄마한테 버리지 말라켔다."

"그랬구나."

형은 생각보다 세심했다.

"근데, 형 엄마랑 아빠는 왜 통 볼 수가 없어?"

"와? 그래도 몇 번 봤을 낀데."

"항상 빈집 같아. 저녁에 불도 안 켜 있고."

"그야 엄마랑 아빠가 24시 사우나에서 일하시니 안 그렇겠나."

"사우나에서 뭐 하시는데?"

"짜슥! 곤란하게 별껄 다 묻네. 좋다 마. 한동네 살믄서 내가 니한테 뭘 감추겠노. 우리 아빤 세신사고 우리 엄만 마사지사다. 이제 됐나?"

"세신사?"

"세신사도 모리나? 때밀이 말이다. 목욕탕서 때 밀어 주는 사람. 우리 엄만 태국 마사지사고. 인자 시원하나?"

"그럼 형 엄마 태국 사람이야?"

"뭐어? 태국 사람이 아니고 태국 마사지 기술을 배워서 하는 기다."

형이 어이없어하며 대답했다.

나는 형 얘기를 듣고 조금 당황했다. 이제껏 주위에 그런 직업을 가진 사람은 없었다.

"어릴 때 하도 아들이 '느그 아빠 때밀이제!' 하믄서 놀렸싸서 내 많이 울었다 아이가. 목욕탕서 봤다고 빼도 박도 몬하게 하고. 니도 내를 놀릴 끼가?"

"아니."

난 손사래를 치며 대답했다.

"우리 아빠도 그리 좋은 직업은 아닌걸. 횟집 하니까."

"횟집이 뭐 어째서?"

"암튼 그런 게 있어."

난 일일이 형한테 설명하고 싶지 않았다.

"그케도 부모님들이 힘들게 일해서 우리 먹이고 입히고 학교 보내는 거 아이가? 고맙게 생각해라."

동건이 형은 마치 전에 살던 할머니가 했을 법한 말을 했다. 그런 얘기를 선생님이나 아빠가 했다면 꼰대라고 생각했겠지만.

"형은 사춘기 안 왔어?"

"와 꼭 사춘기가 와야 하는데? 다 어른들 편할라고 지어낸 말 아이가? 우린 그냥 우리하고 안 맞는 거, 잘못됐다고 생각되는 게 있을 때 화내는 거 아이가?"

형은 이럴 땐 10대들 대변자처럼 말했다. 이상하게 뭐든 형이 말하면 나도 모르게 그 말에 빨려 들어갔다.

"형은 꿈이 뭐야?"

"내? 내는 요리사가 될 끼다."

"와! 멋진걸."

나는 형의 의외의 대답에 살짝 놀랐다.

"어울릴 거 같나?"

"글쎄. 외모로 봐선 영화배우 해도 괜찮을 것 같기도 해. 근데 형은 무슨 요리를 잘하는데? 중식? 아니면 양식?"

"요리라면 내캉 라면하고 떡볶이하고 샌드위치를 잘 만든다 아이가."

"에게~ 그건 아무나 할 수 있는 거잖아."

"아무나 할 수 있는 걸 특별하게 만들어야 진정한 요리사라 할 수 있다카이."

나는 형을 말로는 이길 수 없다는 걸 알기에 더는 묻지 않았다. 형이 무슨 말을 하건, 무슨 일을 하건, 난 형을 계속 좋아할 거니까.

2부

우산 도둑

도둑맞은 날

가끔 짜장면이 간절하게 먹고 싶은 날이 있다. 바로 오늘이 그 날이다. 학교에서 오자마자 중국집에 전화를 걸었다.

"짜장면 한 그릇도 배달되나요? 아… 네……. 그럼 쟁반 짜장으로 갖다 주세요."

난 얼굴을 찡그리며 전화를 끊었다.

"쳇! 비싼 걸 시켜야 갖다 준다 이거지."

치사했지만 짜장 한 그릇을 들고 이 언덕배기까지 배달하는 건 나도 싫을 것 같았다. 사실 비싸서 그렇지 쟁반 짜장면이 더 먹고 싶긴 했다. 요즘 들어 새삼 음식이 주는 위로가 크다는 걸 알았다. 맛있는 음식을 먹고 있으면 잠시나마 팍팍한 현실을 잊을 수 있었다. 망각의 마법 가루를 뿌린 것처럼.

배달 오면 값을 지불하기 위해 가방 안쪽 지퍼를 열었다.

'아악! 없다!'

고이 모셔 둔 돈이 감쪽같이 사라졌다. 어디로 사라진 걸까? 주변이 순식간에 암흑 속에 잠겼다. 언제 잃어버렸는지도 모르겠다. 진정하고 기억을 더듬어야만 했다. 피시방에서 만 원짜리 한 장을 꺼내고 노래방에선 동전으로 바꾸고. 그다음 날엔 남은 돈을 쓰고……. 문제는 학교에서 잃어버렸는지 피시방에서 잃어버렸는지 알 수가 없었다. 어떻게 나에게 이런 일이 생기지? 도대체 어떤 놈이 내 돈을 가져간 걸까? 그게 어떤 돈인데!

배고픔도 싹 가셨다. 일단 대문부터 단단히 잠갔다. 쟁반 짜장을 이제 와서 취소할 수도 없고, 줄 돈도 없으니 문을 열어 주지 않는 방법밖에 없었다.

'외상은 안 되겠지? 모르겠다. 지치면 돌아가겠지…….'

생각보다 한참 후에 배달이 왔다. 배달원은 벨을 누르더니 나중엔 문을 두드렸다. 그러다 조용해졌다. 분명 욕을 했겠지? 아니면 주인이 주소를 잘못 받아 적었다고 생각하던지. 그런데 배달원이 가고 난 후 10분쯤 지나 전화가 왔다. 난 엉겁결에 전화를 받았다.

"아까 쟁반 짜장 주문하셨죠?"

중국집이었다.

"아뇨."

"거짓말 마! 너 또 그런 장난하면 경찰에 신고할 거야! 어린놈이 어디서 못된 걸 배워 가지고!"

아저씨는 흥분한 목소리로 야단을 쳤고 난 중간에 전화를 확 끊어 버렸다.

"아차!"

요즘엔 전화기에 발신 번호가 찍힌다는 걸 깜빡했다. 중국집 아저씨한텐 정말 미안했지만 어쩔 수 없었다. 상황을 설명한들 믿지 않을 게 뻔했다. 난 잃어버린 돈 때문에 진짜 예의 없는 놈이 돼 버렸다.

온종일 돈을 훔쳐 간 범인 생각뿐이다. 피시방에 간 둘째 날, 내 옆에 앉은 놈이 어쩐지 수상쩍었다. 게임도 안 하고 자꾸만 두리번거려 신경이 거슬릴 정도였다. 핫도그를 먹을 때도 분명 나를 힐끔거리며 쳐다봤다. 그놈 얼굴을 똑바로 봤어야 하는데……. 아, 제대로 기억이 안 난다. 긴 얼굴에…… 뭐지?

난 머리를 쥐어짜서 기억을 더듬었다. 다행히 그 녀석이 다시 나타나면 알아볼 수 있을 거 같았다. 그 녀석이 입고 있던 점퍼 색깔이 빛바랜 카키색이란 걸 똑똑히 기억하니까. 아니다. 다시 생각해 보니 피시방에서 잃어버렸다고 단정 짓긴 어려웠다. 어쩜 학교에서 잃어버렸는지도 모른다. 가방에 돈을 넣고 화장실을 가고 체육 시간에 운동장도 갔으니 누군가 훔쳐가기에 충분한 시간과 조건이 되지 않는가. 난 잃어버릴 수 있는 상황을 머릿속에 그려 가며 퍼즐을 이리저리 끼워 맞췄다.

우리 반에서 내 가방을 뒤질 만한 놈이 누굴까? 난 다시 머리를 굴렸다. 생각할수록 모두 범인처럼 보였다. 세상에 믿을 만한 놈이 한 명도 없는 것 같았다. 범인을 잡기도 전에 내가 돌아버리겠다.

아빠한테 엄마가 놓고 간 돈을 잃어버렸다고 하소연할 수도 없었다. 어디서 잃어버렸는지도 모르면서 선생님이나 피시방 주인한테 찾아 달라고 말할 수도 없었다. 돈이 없자 먹고 싶은 게 더 많이 떠올랐다. 혹시 엄마가 다른 곳에도 돈을 두고 갔나 찾아봤다. 싱크대 서랍을 열어 보고 쌀통까지 뒤져 봤지만 10원짜리 하나 보이지 않았다.

식탁에 앉아 봉지 김을 뜯어 먹었다. 짜기만 했다. 주머니엔 천 원짜리 네 장과 오백 원짜리 동전 하나가 전부였다. 최후의 만찬처럼 피시방을 향했다. 피시방엔 끊기 어려운 중독 물질이 공기 중에 둥둥 떠다니는 것만 같았다.

컴퓨터를 켜고 의자를 안쪽으로 당기는데 발에 무언가 밟혔다. 책상 밑에 머리를 들이밀고 확인했다.

'비도 안 오는데 웬 우산?'

게임 도중 우산이 발끝에 계속 거슬렸다. 별것도 아닌데 게임에 집중이 안 됐다.

'주인 없는 건데 내가 가져갈까? 아냐. 누가 찾으러 올지도 몰라.'

난 유혹을 물리치듯 우산을 발로 차서 더 깊숙이 안으로 밀어 넣었다. 그런데 깊이 넣자 오히려 안전한 곳에 숨겨 둔 기분이 들었다.

남은 돈에 맞춰 간식을 먹으며 게임을 했다. PC 이용 시간이 끝나자 발밑에 있는 우산이 떠올랐다.

'까짓, 헌 우산 하나 가져간다고 큰 죄를 짓는 것도 아니고……. 나도 잃어버린 게 많은데 쌤쌤 치지 뭐.'

생각을 바꾸자 훨씬 맘이 편해졌다. 테이블 밑에 오른쪽 발을 쑤욱 넣어 우산을 앞으로 끌어당겼다. 우산을 집는 순간 손끝이 조금 떨렸다. 주위를 슬쩍 보고 우산을 얼른 가방에 넣었다. 삼단 자동 우산이라 가방 속에 쏙 들어갔다. 약간의 스릴이 느껴졌다. 마치 게임에서 보물을 되찾은 듯 짜릿함도 있었다. 다행히 주위 사람들은 게임에 집중하느라 남의 일에 신경 쓰지 않았다.

나는 아주 빠른 걸음으로 출입문 쪽으로 걸어 나왔다. 훔쳤다는 찜찜함은 감출 수 없었다. 그때 등 뒤에서 누가 불렀다.

"학생!"

헉, 우산 주인이 분명했다. 뒤돌아볼 자신이 없었다. 가던 걸음을 멈추고 그대로 서 있었다.

"이러면 곤란하지."

피시방 주인아저씨였다. 아무래도 우산 훔친 걸 들킨 것 같았다. 사방에 CCTV가 달렸으니 모를 리 없었다. 머릿속에서는 변명거리를 생각하고 손은 가방 지퍼를 잡았다.

"제가 착각했나 봐요."

"착각이나 마나 먹고 난 쓰레기는 버리고 가야지. 저렇게 테이블 위에 올려놓으면 어떡해? 피시방 처음 왔어?"

"앗! 그거요? 죄송합니다. 제가 깜빡하고……."

"담부턴 그러지 마. 피시방도 내 집이다 생각해야지."

"네."

주인아저씨는 기분 나쁘지 않게 말했다. 특히, 피시방도 내 집처럼 생각하란 말이 맘에 들었다.

집에 와서 아빠한테 우산이 고장 나서 새로 사야겠다고 말했다. 아빠는 그제야 신발장 옆에 세워진 우산이 없어진 걸 확인했다.

"네가 버렸냐?"

"네. 어차피 부러져서 못 쓰는걸요."

난 아빠의 눈치를 살피며 조심스럽게 말했다. 진화가 덜 된 호모 파베르가 폭력 도구로 쓰던 우산이 사라졌으니 허전할 것 같았다.

"요즘 우산이 얼마 하는지 모르겠다."

아빠는 끙 소리를 내며 일어나 점퍼에서 2만 원을 꺼내 줬다.

난 피시방에서 집어 온 우산을 내일 꺼내 놓을 생각이다. 그리고 아빠에게 딱 한 번 보여 주고 감춰 놓을 거다. 우산은 우산의 역할을 해야지 다른 도구로 사용돼서는 안 되는 거니까. 죄 없는 우산한테 나쁜 역할을 시키는 건 우산에 대한 예의가 아니니까.

우산 도둑

 그날부터 우산을 훔쳤다. 학교에서도 훔치고 피시방에서도 훔쳤다. 심지어 라면 사러 갔다가 슈퍼마켓 우산꽂이에 꽂힌 우산도 슬쩍 가지고 나왔다. 처음엔 진땀이 났지만 두 번째부터는 별다른 죄책감 없이 수월하게 해냈다.

 비 오는 날 우산꽂이에 꽂혀 있는 우산을 보면 참을 수가 없었다. 비교적 눈에 안 띄는 무난한 색으로 갖고 나왔다. 마구잡이로 꽂혀 있는 우산은 눈치를 보거나 치밀한 계획 따위도 필요 없었다. 설사 주인에게 잡히더라도 비슷해서 헷갈렸다고 말하면 그만이었다. 그런데 언제부턴지 모르게 날씨와 상관없이 우산만 보면 집어 오고 싶어졌다. 아빠에게 책이나 문구류를 사야 한다고 용돈을 조금씩 받아 내서 피시방을 여러 군데 돌면서까지 훔쳤다. 비가 오면 정신 나간 사람처럼 더 설레발을 쳤다.

우산은 점점 쌓여 갔다. 대부분 눈에 잘 띄지 않는 칙칙한 색이지만 어쩌다 이름이 적힌 게 있으면 두꺼운 매직으로 쓱쓱 그어 버렸다. 나중엔 훔친 모든 우산에 명가온이라는 M.G.O 이니셜 표식까지 했다. 내 이름이 회사 상호처럼 보여 피식 웃음이 새어 나왔다.

우산을 훔치기 시작한 이후에 비는 딱 세 차례 내렸다. 그렇게 자주 내리던 비가 하늘이 도와주지 않는 바람에 우산은 점점 쓸모없는 물건으로 전락해 가고 있었다. 나는 우산을 내 방 장롱에 숨겼다. 현관문 옆에 두었다가 아빠가 보기라도 하면 이상하게 생각할 것 같았다. 하지만 그것보다 아빠의 나쁜 손버릇이 도지는 게 두려웠다. 아빠는 내가 영어 학원을 그만둔 줄도 모른다. 학원비를 타서 용돈으로 쓸까도 생각했지만 현찰로 줄리 없었다. 카드로 줄게 뻔한데 아빠 핸드폰에 승인 내역이 뜨기 때문에 무의미했다. 학원도 안 다니고 예습 복습도 안 하니 시간이 남아 돌았다. 심지어 학교 숙제도 하지 않았다. 불안했던 마음도 점점 무뎌졌다. 꽉 움켜쥐었던 걸 손아귀에서 놓는 순간 모든 것이 모래알처럼 손가락 사이로 빠져나가는 것 같았다.

　방과 후엔 주로 게임을 하고 랩 뮤직을 들으며 시간을 때웠다. 우산 훔치는 건 스릴 넘치는 취미 생활이 되었다. 아쉽게도 최근 비 소식이 감감무소식이다. 오후에 비가 올 예정이니 출근길 우산을 꼭 챙기라는 일기 예보라도 들렸으면 좋으련만. 그런 날엔 버스나 지하철에 우산을 놓고 내리는 건 무척 흔한 일이니까. 그렇다고 분실물센터에 확인해서 찾아가지도 않고 중요한 물건이라며 신고하는 사람도 없다. 우산을 잃어버렸다고 큰일 난 것처럼 난리 법석을 떠는 사람이 있다면 오히려 그 사람을 이상하게 여길 것이다. 금방 체념하고 잊어버리는 게 바로 우산 아닌가.

　아빠는 마치 엄마를 쓸모없는 우산처럼 여겼다. 엄마가 사라졌어도 얼굴색 하나 변하지 않고 엄마를 찾지도 않았다. 아빠도 분명 엄마가 간절히 필요했던 시절이 있었을 텐데……. 비 오는 날 우산이 필요한 것처럼.

　나 역시 엄마를 찾지 않았다. 나를 낳고 16년이나 키워 줬는데도. 그에 비하면 우산은 아무것도 아니다. 어차피 내가 갑자기 사라져 버린대도 잃어버린 우산처럼 아무도 찾지 않겠지만.

　난 혼자서라도 밤 아홉 시가 되면 어김없이 뉴스를 봤다. 뉴스

중에 가장 중요하게 생각하는 건 날씨다. 그런데 요즘 일기 예보가 영 맘에 들지 않는다. 이번 주에 두 차례나 빗나간 예보를 했다. 분명 비가 온다고 했는데 종일 해가 쨍쨍하고, 맑은 날이 이어질 거라고 할 땐 바로 다음 날 새벽부터 비가 내렸다.

장마가 하루빨리 북상했으면 좋겠다. 모아 둔 우산이 진짜 가치 있는 물건이라는 걸 확실히 보여 주고 싶었다. 인터넷 중고 시장에 팔아 볼까도 생각했지만 그건 마치 내 양심을 파는 것 같아 내키지 않았다. 지금은 그냥 단순하게 장맛비가 내리기 전까지 부지런히 우산을 모을 생각이다. 그것뿐이다.

아빠는 오늘도 감자탕을 포장해 왔다. 술도 마시지 않았다.

"또 감자탕이네."

"왜 싫냐?"

"그냥 그렇다고."

난 또다시 아빠 눈치를 보며 감자탕 뼈다귀에 붙은 살을 젓가락으로 천천히 뜯어먹었다. 아빠는 그런 나를 주시하고 있었다. 체할 것 같았다.

"사내놈이 음식 까탈이나 부리고 군대 생활이나 제대로 하겠냐?"

"군대 가려면 아직 멀었는데 왜 벌써 그런 걱정을 해요."

"벌써라고? 스무 살이면 영장 나올 텐데, 4년밖에 안 남았어."

"누가 그렇게 빨리 간대요. 대학 졸업하고 천천히 갈 거예요."

"남자가 사람 구실 제대로 하려면 군대를 갔다 와야 해. 세상이 그렇게 호락호락한 줄 아냐?"

감자탕을 먹으며 아빠의 일장 연설을 들어야 했다. 여기서 말 대답을 잘못했다간 그나마 밥도 못 얻어먹을 것 같았다. 아빠는 먹는 것 이외는 어떤 질문도 하지 않았다. 학교생활은커녕 엄마에 대해 묻는 일도 없었다. 하긴, 원래 내 성적 따윈 전에도 관심 없었다. 전엔 그런 무관심이 편했는데 지금은 아빠가 남보다 못하다는 생각이 들었다. 어제 골목에서 옆집 아줌마를 만났다. 아줌마는 엄마가 요새 안 보인다며 궁금해했다.

"엄마 어디 가셨니?"

"네."

난 아줌마의 질문이 불편해서 짧게 대답했다. 그런데 아줌마는 무언가 알아내려는 듯 나를 찬찬히 훑어보며 질문을 이어 갔다.

"어디?"

"그냥 좀 멀리요……."

난 우물쭈물 말을 흐렸다.

"방학도 아닌데 널 두고? 그럴 사람이 아닌데……."

아줌마는 고개를 갸우뚱하더니 미심쩍은 표정을 지으며 골목을 내려갔다. 어쩌면 엄마가 계속 보이지 않으면 신고할지도 모른다. 전에 엄마랑 뜨개질도 같이하고 제법 친하게 지냈으니 의심할 만했다. 난 차라리 이웃에서 그래 줬으면 하는 마음이었다.

엄마는 집을 나가기 전 나한테 구닥다리 폴더폰을 개통해 줬다. 망가진 김에 신형 스마트폰으로 바꿔 줬으면 했는데 아빠 눈치를 보는 것 같았다. 창피해서 학교에는 가지고 다니지 않았지만 혹시 엄마한테 문자라도 왔을까 봐 집에 오면 항상 확인했다. 엄마는 전에도 아빠와 싸우고 밖으로 나가면 어딜 가든 나한테 문자를 보냈다.

감자탕에 든 뼈다귀를 들고 뜯고 있는데, 핸드폰 진동이 울렸다. 난 뼈다귀를 내려놓고 얼른 폴더폰을 열어 봤다.

"누구냐?"

아빠가 나보다 더 놀라며 물었다.

"광고 문자."

"진짜?"

아빠가 의심의 눈초리로 쳐다봤다.

난 문자가 찍힌 폴더폰을 아빠 얼굴에 가까이 댔다.

스마트폰 폭탄 세일!

"요즘엔 어떻게 전화번호를 알아내서 그런 광고를 하는지 원! 개인 정보가 다 털려서 탈이다."

아빠 표정에 실망스러움이 역력했다. 혹시 내가 엄마와 연락하고 있는지 의심했던 모양이었다.

"우리 반에 스마트폰 없는 애는 나뿐이에요. 솔직히 이런 폰 들고 다니면 얼마나 쪽팔리는데요."

나는 후진 폴더폰을 보며 불평을 쏟아 냈다.

"공부하는 학생이 스마트폰이 왜 필요해? 그런 걸 창피해하는 게 더 쪽팔리는 일이야!"

정말 아빠랑은 말이 통하지 않았다. 더 이상 말을 섞고 싶지 않아 숟가락을 내려놓고 방으로 들어갔다.

"다 먹은 거냐?"

"네."

"그러니 살이 안 찌지. 그깟 스마트폰 타령이나 하고."

아빠가 뒤에서 푸념처럼 한마디 했다. 그러고는 나 대신 설거지까지 마치고 잠자리에 들었다. 금세 드르렁거리는 소리가 집 안 구석구석 침범했다. 아무리 들어도 익숙해지지 않는 소리다. 엄마랑 같이 살 땐 그 소리가 그렇게 큰 줄 몰랐다. 가뜩이나 잠도 오지 않는데 비라도 내려서 빗소리에 코 고는 소리가 묻히면 좋겠다. 엄마가 떠난 집은 이제 모든 게 낯설다. 아빠도 낯설고 가구도 낯설고 옷도 낯설고 신발도 낯설다.

일요일에 동건이 형 집에 갔다. 동건이 형 부모님은 주말에 더 바쁘다고 했으니 혼자 있을 게 뻔했다. 난 빈손으로 가기 뭐 해서 장롱에 감춰 둔 우산 하나를 꺼냈다. 깨끗하고 좋은 우산을 고르느라 한참을 뒤적거렸다. 훔친 우산을 주는 게 마음에 걸렸지만 마땅히 가져갈 게 없었다.

형은 반갑게 맞아 주었다.

"심심해서 왔나?"

"응. 이거 받아."

나는 우산을 내밀며 겸연쩍게 웃었다.

"비도 안 오는데 웬 우산? 느그 우산 장사 하나?"

"아니. 그냥 우산이 좀 많아서."

"그렇나? 그렇담 성의로 받아 두지. 근데 이건 뭐꼬?"

형이 우산에 새겨진 내 이니셜을 보고 물었다.

"앗!"

난 당황스러워 입을 헤벌쭉 벌리고 대답을 바로 못 했다.

"혹시 이거 선물 받은 거 아이가? 원래 소중하게 생각하는 물건은 잃어버리지 않으려고 이름을 새긴다 아이가."

"그게 아닌데……."

"아니긴 뭐가 아니야. 맞구만. 다음부턴 그냥 놀러 온나. 넌 어린애가 너무 예의 발라서 탈이라카이."

형은 내 머리를 마구 헝클어 놓고는 부엌으로 들어갔다. 예의 바르다는 소리를 형한테 듣자 기분이 묘했다.

"안 그래도 지금 샌드위치 만들라카는데 같이 만들어 묵자."

"정말? 저번에 형이 말한 특별한 샌드위치야?"

"그래. 먹고 맛 좀 평가해 도. 이래 봬도 위대한 요리사가 될 몸 아이가. 히히."

형은 짓궂게 웃으며 싱크대에서 손을 씻었다. 나는 형이 어떻게 요리하는지 식탁에 앉아 지켜봤다.

"헤이, 보조! 앉아만 있지 말고 셰프님 좀 도와도."

형은 농담을 곧잘 했다. 여유 부리는 모습에 요리 솜씨도 기대됐다.

"일단 냉장고에 있는 햄, 계란, 양상추를 꺼내고. 음⋯⋯."

형은 한참을 냉장고 문을 열고 서 있었다. 그러더니 달걀프라이를 하기 시작했다.

"아차차! 식빵을 먼저 구워야 하는긴데."

형은 달걀프라이가 타는 것도 모르고 다용도실에서 식빵을 찾고 있었다. 난 얼른 달걀을 뒤집었다. 그걸 보고 형이 한마디 했다.

"역시 요리는 보조가 중요하다 아이가. 프라이 한 김에 햄도 구워도."

형은 나에게 햄을 썰어 주었다. 그런 다음 양상추까지 씻으라고 했다.

"우린 역시 환상의 콤비다. 글체?"

"형, 혹시 샌드위치 처음 만드는 거야?"

"짜슥! 눈치 빠르네. 하지만 머릿속으로는 수십 번도 더 만들어 봤다 아이가."

형은 바짝 마른 식빵에 계란과 햄을 올리고 내가 씻어 놓은 양
상추를 올렸다. 양상추 물기를 닦지 않아 물이 줄줄 흐르는데도
신경 쓰지 않았다. 마지막으로 식빵을 위에 덮더니 선 채로 크게
한 입 베어 물었다.

"와! 억수로 맛있네. 너도 먹어 봐라."

형은 먹던 샌드위치를 내 입에 들이밀었다. 나도 형처럼 크게
한 입 베어 물었다. 형은 내가 먹는 걸 유심히 바라봤다.

"맛 좋제? 이런 맛 처음이제?"

"별룬데. 그냥 평범한 샌드위치 같은데……."

난 인심 써서 그렇게 말했다. 사실 빵집에서 파는 샌드위치보
다 못했다.

"그래? 그렇담 비장의 무기가 하나 있다카이. 자, 받아라!"

형이 꺼낸 건 딸기잼이었다.

"식빵은 쨈 발라 묵는 기 젤인 기라. 안 글나?"

난 마지못해 샌드위치 속에 딸기잼을 발라 먹었다.

"다음엔 내가 환상적인 떡볶이를 만들어 줄 테니까 기대하래
이."

"떡볶이는 만들어 보긴 한 거야?"

"얌마! 내가 떡볶이 먹은 세월이 얼만데, 그거 하나 못 만들 것나?"

"그것도 안 해 봤단 얘기네. 알았어, 기대할게."

난 형이 나를 위해 음식을 만들어 주겠다는 것만으로도 즐거웠다.

돈 장난

아빠는 점점 몰라보게 야위어 갔다. 가시만 남은 생선 같았다. 나 역시 마찬가지다. 편의점 음식으로 끼니를 해결할 때가 많으니 어쩌면 당연한 결과일지 모른다.

점심시간에 건희 녀석이 나를 노려보며 다른 애들과 수군거리고 있었다. 모처럼 급식에 좋아하는 카레라이스가 나와 밥다운 밥을 먹나 싶었는데 신경이 쓰여 밥이 코로 들어가는지 입으로 들어가는지 알 수 없었다. 이럴 때일수록 내 편이 필요한 건데 같이 욕해 줄 친구 하나 만들어 놓지 못한 게 가슴 저리게 후회스러웠다.

"너네 임대료 세 달째 밀렸다며?"

급기야 건희 녀석이 껄렁거리며 시비조로 물었다. 다른 애들 들으라고 일부러 크게 말하는 것 같았다.

"그래서? 나한테 지금 달라는 거야?"

"네가 그럴 능력이나 되냐?"

건희는 야비한 표정을 지으며 되물었다.

"알면 왜 시빈데? 그것도 학교에서."

"캬! 너나 너네 아빠나 배 째라는 거구나. 도대체 너네 식구는 왜 그러냐? 능력이 없으면 가게를 빼든가. 괜히 선량한 우리 아빠 힘들게 하지 말고."

"미친 새끼! 우리 아빠가 너네 건물에서 공짜로 장사하냐? 임대료 쳐올려서 등골 빼 먹는 너네 아빠나 학교에서 건물주 아들 이라고 자랑질하는 아들 새끼나 똑같다, 똑같아."

"뭐 이 새꺄!"

건희가 내 멱살을 잡았다. 나보다 건희 녀석이 한 뼘 정도 키가 커서 그런지 몸이 위로 치켜 올라가서 목이 조여들었다.

"이거 놔!"

참다못해 있는 힘을 다해 양팔로 건희를 밀쳤다. 순간 건희가 넘어지면서 테이블 모서리에 머리를 부딪쳤다.

"아악! 저 새끼가 사람 치네!"

"병신 새끼!"

나는 욕을 하고 급식실을 나왔다. 쓰레기 같은 놈하고 더 붙어 봤자 이익될 게 없을 것 같았다. 운동장 벤치에 앉아 심호흡을 몇 번 하자 부글부글 끓어오르던 마음이 조금 진정되는 것 같았다. 스마트폰이라도 있으면 랩 음악이라도 들을 텐데 그냥 앉아 있으려니 뻘쭘하기도 했다. 아무리 스따래도 이런 모습은 너무 없어 보인다는 생각이 들었다. 주머니에 든 이어폰을 꽂고 눈을 감았다. 순간, 운동장에서 시끄럽던 아이들 소리도 들리지 않고 세상이 잠시 멈춘 것 같았다. 나는 외부 세상을 차단해 준 빈이어폰을 꽂고 랩을 흥얼거렸다.

점심시간이 끝나갈 때쯤 교실로 들어서자 웅성거리는 소리가 났다. 건희 주변으로 아이들이 몇 명 모여 있었다.

"가온이 너 큰일 났어. 방금 건희 양호실 갔다 왔어. 네가 밀어서 머리에 피 났잖아."

건희 똘마니 노릇을 하는 명우 녀석이 먼저 알려 줬다.

"야, 냅둬. 깝죽거리는 놈한텐 내가 따로 따끔한 맛을 보여 줄거니까."

명우 뒤에서 건희가 나를 고약하게 쳐다보며 말했다.

"시비는 네가 먼저 걸었잖아! 먼저 멱살 잡은 것도 너고."

나는 건희 앞으로 가서 직접 따졌다.

"가온이 말이 맞아. 너도 잘했다고는 할 수 없어."

반장 수아가 나서 줬다.

"그건 그래. 우리도 네가 먼저 시비 거는 거 봤으니까."

현규까지 내 편을 들어줬다. 고마워서 눈물이 날 지경이었다. 교실에 있는 스물네 명 중 단 두 사람이라도 내 편이 있다는 게 천군만마를 얻은 것처럼 든든했다. 건희도 두 사람이 증인이 돼서 나서 주자 찍소리 못했다. 반 아이들이 재판해 준 기분이었다.

다음 날 건희는 자기가 건물주 아들이란 걸 이참에 확실히 보여 주기라도 하듯 교실에서 이상한 짓거리를 했다. 마치 아이들을 돈으로 매수하듯이 만 원짜리 지폐 여러 장을 반으로 잘라 이 애 저 애한테 나눠 주었다. 반쪽짜리 지폐를 티켓처럼 뿌리고 둘씩 짝을 지어 지폐를 붙여 오면 피자집이나 중국집에서 먹을 걸 사 주겠다고 공표까지 했다.

"저런 새끼가 뭐가 좋다고. 거지새끼들!"

건희를 따르는 애들도 곱게 보이지 않았다. 반쪽짜리 지폐를 들고 좋아하는 녀석들을 보자 돈 바이러스에 걸린 좀비들 같았다.

나한테 주면 면상에 던지려고 마음먹고 있는데, 건희 녀석이 낌새를 눈치챘는지 나한텐 주지 않았다. 건희는 얼마 전 수아한테도 슬쩍 반쪽 지폐를 건넨 적이 있었다. 수아는 어이없어하며 그 자리에서 던져 버렸다. 그리고 따끔하게 일침을 가했다.

"야! 뭐 하는 거야? 교실에서 이런 유치한 장난하지 마. 우리 반 질 떨어지니까."

지켜보는 내 속이 후련했다. 건희는 수아의 뜻밖의 반응에 쪽 팔렸는지 잠깐 멍하게 서 있다가는 "잘난 척은!" 하며 뒤돌아섰고, 건희를 따르는 똘마니 명우 녀석이 대신 주웠다.

돈 장난은 그걸로 끝나지 않았다. 종례 시간에 갑자기 건희 녀석이 돈이 없어졌다고 교실을 발칵 뒤집어 놓았다. 루이비통 명품 지갑을 보란 듯이 탈탈 털며 그 속에 있던 20만 원이 사라졌다고 호들갑을 떨었다.

"야, 너도 봤지?"

"아까까지 분명히 제가 봤어요."

담임 앞에서 똘마니 명우 녀석이 제일 먼저 나섰다. 이어서 다른 애들도 봤다고 앞다투어 말했다. 애들은 건희가 항상 돈 자랑을 하니까 그 정도는 있을 거라고 머릿속에 각인된 것 같았다.

"쳇! 돈지랄하더니 쌤통이다."

난 혼잣말로 중얼거렸다.

담임은 교실 문을 닫고 모두 눈을 감으라고 했다. 그리고 이런 불미스러운 일이 두 번 다시 벌어지지 않게 오늘 확실히 해두겠다고 했다.

"지금이라도 돈을 훔친 사람은 손을 들어라."

눈은 5분 이상 감고 있었지만 아무도 손을 들지 않았다. 유치원 수준이라며 피식 웃는 애들도 있었다.

"예상했다. 이런 방법은 시대착오적이라고 하겠지. 하지만 이런 형식적인 절차를 밟지 않으면 막무가내란 소릴 듣거든. 요샌 선생 노릇도 쉬운 게 아니란다."

담임은 아이들 눈을 뜨게 하고 반장을 시켜 조회 시간에 걷은 핸드폰을 나눠 줬다. 그리고 칠판에 담임 핸드폰 번호를 적었다.

"모두 옆 사람 보이지 않게 나한테 문자나 카톡을 보내라. 혼자 핸드폰을 보내면 이상할 테니 지금 모두 보내야 한다. 쓰기 곤란하면 동그라미나 엑스로 신호만 보내도 좋다. 어떤 방법으로든 훔친 걸 시인하면 조용히 해결하고 용서하겠다."

아이들은 고개를 숙이고 문자를 보냈다. 나만 아무것도 하지 않고 멀뚱멀뚱 있었다.

"명가온, 넌 왜 그러고 있니?"

"지금 핸드폰이 없어요. 고장 났는데 아직 못 샀어요."

"그래? 그렇담 할 수 없지."

담임은 대수롭지 않게 여겼다. 나를 범인으로 생각하지 않는 것 같았다. 하긴, 내가 어딜 봐서. 담임의 나에 대한 믿음이 나를 당당하게 만들었다.

담임은 다시 전체 눈을 감게 하고 본인의 핸드폰을 하나씩 확인했다. 시간은 흐르고 다시 눈을 뜨라고 했을 땐 하교 시간이 한참 지났다.

"흠! 할 수 없군."

담임은 중대한 결심을 한 듯 입을 굳게 다물었다. 그때 여기저기서 학원 갈 시간이 지났다는 불평이 쏟아져 나왔다.

"조용! 한 사람씩 나와서 교탁에다 가방에 든 것을 모두 꺼내라. 주머니 속도 뒤집어 보여 주고. 자, 급한 사람부터 검사 맡고 집으로 가면 된다."

담임은 단호했다. 그동안 봤던 모습과 많이 달랐다.

한 아이가 인권 어쩌고 하며 구시렁대자 다른 애도 따라서 소지품 검사는 사생활 침해니 뭐니 하며 종알댔다. 그때 담임이 교탁을 탁! 쳤다.

"뭣도 모르는 것들이! 쓸데없이 학교에 큰돈을 가지고 다니는 것도 모자라 그걸 관리 못 하고 잃어버린 것도 문제야! 너희들도 이 애 저 애 괜한 의심하는 것보다 낫지 않니? 단, 인권 침해라서 죽어도 검사받기 싫은 사람한텐 강요하진 않겠다. 또, 소지품 검사가 사생활 침해로 생각돼서 찜찜한 사람은 나중에 상담실로 와도 된다. 이제 됐지? 또 불만 있는 사람?"

아이들은 아무 말도 하지 못했다. 하지만 몇몇 애들은 담임이 답답하다고 조그만 소리로 또다시 구시렁거렸다.

"아무리 경험이 없는 초짜 선생님이래도 그렇지, 누가 범인이라고 자백하겠냐?"

"맞아. 진즉 어디다 숨기고 오리발 내밀겠지."

아이들의 불만은 담임에게서 점차 건희에게로 옮겨갔다. 학원 늦는다는 애, 약속 있다는 애. 따가운 눈총이 한꺼번에 건희한테 쏟아졌다.

"야! 넌 관수도 못하면서 무슨 돈을 그렇게 많이 갖고 다녀! 너 때문에 이게 무슨 개고생이냐고!"

건희한테 속사포로 따지는 애도 있었다. 하지만 건희 녀석은 애들이 그러거나 말거나 이런 요란한 사건을 즐기는 것처럼 씩 웃었다.

"왕재수 새끼!"

난 담임이 듣거나 말거나 대놓고 욕했다. 담임 역시 건희 녀석한테 제일 먼저 화살을 돌렸다.

"자, 잃어버린 놈부터 검사받아. 류건희 가방 가지고 나와."

"저, 저도요?"

"당연하지. 네가 꼼꼼히 안 찾아봤을 수도 있고, 혹시 다른 곳에 두고 착각할 수도 있는 일이니까."

건희는 당황스러움을 감추지 못했다. 뭔가 불안한지 계속 눈을 찡끗대며 가방을 들고 교탁으로 나갔다. 아니나 다를까, 건희 가방에서 잃어버린 돈보다 더 큰 문젯거리가 나왔다. 담배였다. 갑작스러운 가방 검사로 미처 감출 시간이 없었던 모양이었다.

"넌 담배 들고 저 뒤에 서 있어. 끝나고 따로 얘기하자."

담임 말을 듣고 건희는 잔뜩 풀이 죽어 교실 뒤 게시판 쪽으로 투덜거리며 걸어갔다. 그걸 본 아이들은 아까보다 더 수군거렸다. 여자애들 중에는 화장품과 생리대를 얼른 책상 서랍에 집어넣기도 했다. 하지만 아이들은 떳떳함을 증명하고 싶은지 서둘러 가방을 싸서 교탁 앞으로 갔다. 인권이니 사생활 침해니 외치던 아이들도 오히려 앞장서 검사를 받았다. 모두 당당한 표정이었다.

"검사받은 애들은 곧바로 교실을 나가라. 모두 나가면 서랍 검사도 할 거니까. 대신 사물함까진 건들진 않겠다. 최소한의 선으로 생각하자. 난 너희들을 믿는다는 전제하에 검사하는 거다."

"으씨! 왜 저래!"

서랍에 떳떳지 못한 게 있는 애들이 작은 소리로 투덜댔다. 그렇다고 검사를 못 받겠다던가, 나중에 상담실로 가겠다는 애는 한 명도 없었다. 나 역시 검사를 마다할 이유가 없었다. 급한 일도 없어 맨 뒤에 섰다. 잠시 후, 반장 수아가 내 뒤에 섰다.

"가 봐."

"가 봐."

"가 봐."

선생님이 한 사람씩 검사를 끝내면 아이들은 꾸벅 인사를 하고 교실 밖으로 뛰쳐나갔다. 다들 얼굴이 벌겋게 상기된 채 감옥에서 풀려난 표정을 지었다. 나 역시 피곤했다. 도난 사건으로 가방 검사를 받은 건 초딩, 중딩 합해서 학교생활 9년 만에 처음 있는 일이었다.

"오줌 쌀 뻔했네."

"나도. 의심받을까 봐 화장실 간다고도 못했어."

여자애 둘이서 주고받는 말에 갑자기 나까지 오줌이 마려웠다.

"그 새끼 땜에 우리가 무슨 개고생이냐?"

"그러게. 내 지갑에 오만 원짜리 있는 것도 신경 쓰이더라니까."

가방 검사하는 담임보다 건희를 욕하는 애들이 점점 늘어났다. 애들은 몇천 원에서 끽해야 이삼만 원 정도의 용돈을 가지고 있었다. 담임은 뒤에서 지켜보는 건희가 신경 쓰였는지 몇 마디 훈계하고 건희도 집으로 보냈다.

드디어 내 차례다. 나는 아무 생각 없이 가방을 뒤집었다.

헐! 근데 이게 뭐람. 가방 안주머니에서 샛노란 오만 원짜리 지폐 세 장이 우수수 떨어졌다.

"뭐지?"

담임이 질문과 동시에 내 표정을 살폈다.

"이건 엄마가 놓고 간…… 아니, 용돈 받은 거예요."

죄짓지 않고 떨리긴 처음이었다. 다행히 교실엔 수아와 나, 담임뿐이었다.

"용돈을 한꺼번에 넣고 다니지 마라. 건희처럼 잃어버릴 수 있어."

담임은 부드럽게 말했다. 1도 의심하는 목소리가 아니었다. 혼란스러웠다. 어떻게 며칠 전 없어진 돈이 다시 내 가방에 있는 걸까? 그날 분명 속까지 구석구석 까뒤집어 봤는데……. 하지만 이건 그때의 돈이 아니다. 그땐 모두 시퍼런 만 원짜리 지폐였다. 그렇다고 지금 이 상황에서 내 돈이 아니라고 하면 내가 도둑 누명을 쓰고 말 것이다. 나는 최대한 자연스럽게 책과 필기도구를 가방에 쓸어 담았다.

다음은 수아였다.

"꽤 큰돈이구나."

"학급비예요."

내가 교실 문을 나설 때 담임과 수아의 얘기 소리가 귀에 꽂혔다. 나는 빨리 교실을 벗어나고 싶은 마음뿐이었다. 누군가 내 가방을 뒤진 건 분명한데, 도통 어찌 된 영문인지 알 수 없었다.

"야! 명가온. 같이 가자!"

운동장을 가로질러 가는데 수아가 뒤에서 불렀다. 수아가 헐떡 거리며 내게로 뛰어오고 있었다.

"나도 금방 끝났어."

"범인은 못 찾은 거로 결론 난 거네."

"이런 일이 그렇지 뭐. 담임이 경찰도 아니고. 배고픈데 같이 뭐 좀 먹을래?"

"그래."

우린 둘 다 출출해서 편의점으로 걸음을 옮겼다. 가는 길에 나는 잃어버렸던 돈이 가방에서 나왔다는 말을 할까 말까 망설이다가 그만두었다. 자칫 괜한 오해를 불러일으킬 수 있을 것 같았다. 찜찜한 마음을 뒤로하고 돈도 되찾았는데 수아한테 간식이라도 사 주고 싶었다.

"먹고 싶은 거 골라. 내가 사 줄게."

"됐어. 나도 돈 있어."

수아는 에그 샌드위치와 음료수를 계산하고 테이블로 갔다. 난 사발면에 뜨거운 물을 붓고 나서 수아 옆에 앉았다.

"병신 새끼! 으윽~ 또라이!"

수아 입에서 거친 말들이 쏟아져 나왔다. 건희를 두고 한 말일 거라 짐작했다.

"맞아. 그 새끼 때문에 괜히 반 분위기만 살벌해졌지?"

나는 수아 말에 맞장구를 쳐주었다. 하지만 수아는 내 말에 아무런 답변이 없었다. 그냥 샌드위치를 급히 먹고 편의점을 나갔다. 저번처럼 먼저 간다는 말도 없이.

네가 뭘 알아?

같은 나이라고 생각과 행동이 비슷한 건 아니다. 아주 가끔은 전혀 예상 밖의 아이가 돌발 행동을 할 때도 있다. 반장 수아가 그랬다. 오늘 결석을 했는데 이유는 학교 폭력 때문이었다. 학교에서 누구 못지않게 모범적이었던 수아가 그랬으리라고는 아무도 예상치 못했다. 동급생도 아니고 아래 학년 아이가 건방지다는 이유로 무참히 때렸다는 것이다. 수아는 자기 기준에서 옳지 않은 일은 절대 하지 않을 성격이다. 말수도 적고 책임감이 강해 잡다한 학급 일도 혼자 묵묵히 해냈다. 담임도 종례 시간마다 칭찬을 아끼지 않았다. 그런데 폭력이라니, 왜 그랬을까?

난 수아가 하는 말은 무조건 믿고 싶었다. 하지만 폭력이란 말에 머리가 쭈뼛 섰다. 폭력과 수아는 정말 어울리지 않았다. 키가 다른 여자애들보다 약간 클 뿐 호리호리한 몸으로 싸움했다는 게 비현실적으로 느껴졌다. 더군다나 수아는 겁 많은 강아지 같은 크고 선한 눈을 가졌다. 그런 눈으로 기선 제압을 했다니, 도무지 믿어지지 않았다. 살짝 의심이 드는 일이 있다면 편의점에서 본 모습 때문이다. 그게 진짜 본모습이고 학교에선 겉만 모범생일지 모른다는 생각이 아주 잠깐 들었다.

"수아가 우울증이 심했대."

"저번에 먹은 약이 감기약이 아니라 우울증약이었나 봐."

"몰래 일진에 가입했다는 소문도 있던걸. 걔가 은근 세잖아."

"내숭형이긴 하지."

평소 수아와 친하게 지냈던 여자애들이 수군댔다.

난 그 애들이 하는 말이 귀에 거슬렸다.

"야, 니들이 뭘 알아? 한때 친구라는 것들이 잘 알지도 못하면서 함부로 떠들어 대면 기분 좋냐?"

여자애들은 내 말을 듣고 쭈뼛거리다 수다를 멈췄다. 그런데 그중 한 애가 나에게 대들 듯이 말했다. 교복 치마가 우리 반에서 가장 짧은 선화였다.

"넌 수아에 대해 뭘 아는데?"

"나도 알 만큼은 알아."

"그 애가 도둑질하는 것도 아니? 그런 건 나처럼 당해 본 사람이나 알 수 있는 거야."

난 선화의 말을 듣고 어리둥절했다. 맞받아칠 엄두도 내지 못했다. 처음엔 모함하는 줄 알고 화가 치밀었지만, 나머지 얘기를 듣고는 아무 말도 할 수 없었다.

"걔가 항상 교실 문단속하고 체육 시간에 제일 늦게 나오는 이유 모르지? 저번에 내가 잃어버린 지갑이 걔 가방에서 나왔어. 수아가 분식집에서 계산할 때 내가 보고 따지니까 끝까지 자기 거라고 우기더라. 내가 다 까발리려다 걔 인생이 불쌍해서 봐준 거야."

난 어안이 벙벙해서 선화의 말을 멍하게 듣고만 있었다.

그때 건희가 끼어들었다.

"그럼 내 돈도 걔가 훔쳤다는 거네. 반장이라 아무도 의심하지 않으니까."

"그야 뻔하지."

선화가 단정 지어 말하자 또다시 귀에 거슬렸다.

"그렇다면 왜 내 지갑은 가져가지 않았을까? 사실, 이 지갑이 안에 든 돈보다 더 비싼 거거든."

건희는 명품 지갑을 꺼내 흔들며 이 와중에도 잘난 척을 했다.

"그건 너무 티 나니까 그랬나 보지."

"우리 반 도둑놈은 따로 있어. 내가 저번엔 담임이 담배를 걸고 넘어져서 참았지만 이번에 확실히 그놈을 잡아서 망신을 줄 테니까 기대해라."

건희가 나를 위아래로 훑어보며 말했다.

'설마 저 새끼가 나를 의심하는 거야?'

따져 물으려다 이 상황에 싸움이 붙으면 도둑이 제 발 저린다고 할까 봐 뻐드렁니를 앙다물고 참았다.

"암튼 잘 잡아라. 또 다른 도둑이 있다면 말이야."

선화는 끝까지 수아를 도둑으로 밀어붙였다. 폭력에 도둑질, 정말 최악의 뒷담화였다. 그동안 수아가 학급을 위해 봉사한 건 깡그리 무시됐다.

다른 건 몰라도 도난 사건은 건희 녀석이 나를 골탕 먹이려고 벌인 자작극이란 걸 밝혀내고 싶었다. 교실에 CCTV라도 달자고 건의해야 하나, 하는 생각까지 들었다.

결국 수아는 무성한 소문만 남긴 채 그 사건이 터진 지 얼마 되지 않아 전학을 갔다. 난 날마다 보던 얼굴을 볼 수 없게 됐다는 자체로 몹시 서운했다. 그래서 그런지 무표정한 수아 얼굴과 화장하고 있던 수아 얼굴이 자꾸만 겹쳐서 떠올랐다. 그리고 모든 건 그저 뜬소문뿐이라고, 끝까지 수아를 믿기로 했다.

아빠는 내가 일어나기도 전에 가게에 나가고 없었다. 때리지 않는 것만으로도 감사해야 할까. 문제는 밑 빠진 독에 물 붓는 것 같은 나의 소화력이다. 엄마가 해 주는 밥을 먹을 땐 이런 일이 없었는데 지금은 뭘 먹어도 돌아서면 배가 고프다. 2교시부터는 배터리가 방전된 것처럼 허기지고 기운도 없다. 애들이 말을 시켜도 귀찮다. 그런데 쉬는 시간에 엎드려 있으면 쓸데없이 말 시키는 놈이 꼭 있다.

"자냐? 어젯밤에 게임 했지?

역시 분위기 파악 못 하는 현규 녀석이다.

"상관 마."

난 엎드린 채로 대답했다.

"오늘 같이할래?"

역시 눈치 없는 놈은 또 말을 건다.

"가라."

다시 점잖게 타이르듯 말했다. 한 번만 더 말을 시키면 주먹을 날리고 싶은데 참는 거다.

"같이 가잘 때는 언제고, 그새 마음이 변했냐?"

현규는 내가 대꾸를 하지 않자 토라져 가 버렸다. 또래 아이들은 철딱서니가 없어 보이기도 하고 복 터진 놈들처럼 보이기도 한다.

다음 주부터 기말고사가 시작된다. 중요한 건 시험 기간엔 급식이 없다는 거다.

시험 첫날부터 절반 이상을 찍다시피 하고 쉬는 시간 내내 엎드려 있었다.

"젠장! 시험을 봤으면 밥을 주고 보내야 할 거 아냐! 배고파 죽겠네."

나 혼자 투덜거리고 있는데 현규 녀석이 키득키득 웃었다.

"난 시험을 망쳐서 입맛이 없는데, 넌 급식 못 먹는 게 억울하냐?"

"시험이 뭐 별거야? 난 그딴 거 신경 안 써."

"야, 너 같은 놈이 제일 재수 없어! 공부 안 하는 척하고서 집에 가서 잠 안 자고 공부하는 놈! 너 밥도 안 먹고 공부했지?"

"나 공부 손 뗀 지 오래됐어."

"거짓말 마. 나중에 성적이 말해 주거든!"

현규가 내 성적을 들먹거리는 게 어이없었다. 나름 공부에 대한 자격지심이 있는 듯했다. 사실 현규 말이 맞다. 전엔 미리 시험공부를 하고 시치미를 뗐다. 하지만 지금 공부를 포기한 상태에서는 아무런 부담감도 들지 않았다.

이런 내 상황을 모르는 현규가 재수 없어 하는 건 당연했다. 귀찮은 건 담임이 시험 끝나면 면담할 것이고 난 묻는 말에 대답해야 한다는 것이다. 어른이 묻는 말에 대답하지 않으면 예의 없는 놈이 되는 거니까.

저녁에 갈비탕을 사 온다던 아빠는 매운 코다리찜을 사 왔다. 그러더니 소주를 마시며 울었다. 아빠가 우는 모습을 처음 봤다. 왜 우는지는 묻지 않았다. 우는 모습이 볼품없어 보였다. 한편으론 아빠가 가슴을 치면서 펑펑 울었으면 하는 생각도 들었다.

나는 매운 코다리찜을 맵다는 말 한마디 하지 않고 묵묵히 먹었다. 아무 맛도 없이 그냥 맵기만 했다. 나도 모르게 콧물과 함께 눈물이 찔끔 나왔다. 그런 나를 보고 아빠가 물었다.

"너도 엄마 보고 싶냐?"

난 아무 말도 하지 않았다. 그저 고개를 푹 숙이고 남은 밥을 먹었다. 아빠를 똑바로 보고 싶지 않았다. 그런 나에게 아빠가 식탁을 치며 소리쳤다.

"엄마 보고 싶냐고!"

난 숟가락을 놓고 얼른 내 방으로 들어가 방문을 잠갔다.

"예의 없는 놈!"

아빠 목소리가 방 안까지 울렸다. 아빠는 예의 바른 어른인지 묻고 싶었다.

내 방 창문으로 밖을 내다봤다. 동건이 형 집이 보였다. 아직 아무도 들어오지 않았는지 깜깜했다. 그런데 잠시 후, 조용한 골목에서 발자국 소리와 인기척 소리가 동시에 들렸다. 혹시 엄마? 살짝 긴장됐다.

"크음!"

아저씨가 헛기침을 했다. 자세히 보니 동건이 형 아빠였다. 몇 번 못 봤지만 마른 체구에 정수리 탈모만 봐도 동건이 형 아빠라는 걸 금방 알 수 있었다. 전에 동건이 형이 부모님과 함께 오는 걸 봤는데 아저씨와 아줌마의 키 차이가 많이 났다. 아줌마는 동글동글하고 오동통한 체구에 볼 때마다 생글생글 웃었다. 얼핏 보면 부부 사이가 아니라 아빠와 딸처럼 보였다.

아무튼 난 동건이 형이 좋으니까 형 부모님도 친근하게 느껴졌다. 시계를 보자 형이 학원에서 돌아오려면 아직 한 시간은 더 있어야 할 것 같았다. 밖으로 나와 밤거리를 걸었다. 종착점은 또다시 편의점이었다. 그런데 거기에 수아가 있었다. 하얀 남방에 짧은 청치마를 입었는데 깔끔하면서도 청순해 보였다.

"너, 여기 웬일이야?"

난 반가운 마음에 수아를 툭 쳤다. 수아는 커피를 마시다 말고 커다란 눈으로 나를 쳐다봤다.

"나 여기 단골이잖아."

"그랬나? 근데 너 전학 간 거 아니었어? 가까운 데로 갔구나?"

"아냐. 정학 맞은 거야. 전학이 정학보다 덜 쪽팔리잖아. 담임이 그렇게 해 준 거지."

"아, 그렇구나."

"어차피 좀 쉬었다 전학 갈 거야."

"아."

나는 재차 아~ 아~ 소리를 내며 고개만 끄덕였다.

"오늘 어쩐지 너를 만날 거 같은 예감이 들더라. 요즘도 그 새끼는 돈지랄하냐?"

"아니."

"하긴. 찌질이가 뭣도 모르고 까부는 거지."

수아 말투는 점점 거칠어졌다. 나는 건희가 우리 가게 건물주라는 걸 안 순간부터 이유 없이 그 새끼가 아니꼬워 보인다고 말했다.

"너두 참! 걔가 그러는덴 다 이유가 있는 거야."

"나한테 직접적인 피해는 준 거 없으니까 하는 말이야. 애들 보는 데서 임대료 밀렸다고 잘난 척한 것 빼고는."

"명우가 네 가방에 돈 넣는 거 내가 봤어."

"명우가 그랬다고? 걔가 왜 나한테 그런 짓을 해? 친한 건 아니지만 그렇다고 사이가 나쁜 것도 아닌데."

"결론부터 말하자면 건희 똘마니 짓 한 거지."

"뭐? 이 새끼들이 정말!"

난 뻐드렁니가 앞으로 튕겨 나올 정도로 이를 앙다물었다.

"흥분하지 말고 내 얘기 끝까지 들어. 처음엔 건희가 네 가방을 먼저 뒤졌어. 체육 시간에 교실로 다시 들어와서 네 가방에서 돈 훔치는 거 내가 봤거든."

"정말?"

"너도 알다시피 교실 문단속은 내가 하니까 화장실 갔다 와서 문 닫으려고 했거든. 그때 나한테 들킨 거지. 그런데 넌 그다음 날까지 돈 잃어버렸단 얘길 안 하더라. 내가 나서서 걔가 네 가방 뒤졌다고도 할 수도 없고."

"그건 내가 돈을 어디에서 잃어버렸는지 기억이 안 나서 그랬어. 괜히 학교에서 도난 사건 났다고 하면 시끄러워질 거 아냐? 반 애들 의심하는 것도 싫고."

"그렇다고 내가 가만히 있었겠냐? 그 새끼한테 따졌더니 완전 오리발이더라. 당사자도 잃어버렸다고 하지 않는데 나더러 오지랖 피우지 말라고 말이야."

"그래서 다시 내 가방에 몰래 넣어놓은 거야?"

"그래. 그것도 자기가 의심받기 싫으니까 명우 시켜서. 거기에 잔머리까지 써서 자기 돈을 네가 훔친 거로 도둑 누명을 씌우려는 거였지."

"미친 새끼! 넌 그걸 어떻게 알았어?"

"내가 누구냐? 이래 봬도 반장만 초딩 때부터 6년을 했다. 촉은 우리 애송이 담탱이보다 좋을걸."

"아무리 촉이 좋아도 그렇지."

"명우가 쉬는 시간마다 네 자리를 왔다 갔다 해서 뭔가 낌새가 이상했거든. 아니나 달라 너 화장실 갔을 때 내가 엎드려 있는 척했더니 네 가방에 뭔가를 쑥 넣고 가는 거야. 그리고 다음 시간에 건희가 도난 사건을 터트린 거지. 명우한테 전부 털어놓지 않으면 담임한테 꼰지를 거라고 했더니 술술 불더라. 걔가 겁도 많고 순진한 데가 있잖냐."

"아니, 내가 뭘 어쨌다고 장난질이지? 똘아이 새끼들!"

"건희가 진즉부터 너한테 도둑 누명을 씌우려고 자기 돈을 네 가방에 넣으려고 했는데, 네 가방에 돈이 들어 있는 걸 보고 오히려 훔친 거였대. 그리고 그 돈으로 지폐를 잘라 돈지랄한 거고."

"명우는 왜 그런 새끼를 도와준 거래? 걘 뼐도 없냐?"

"건희랑 명우는 유딩 때부터 친구였고 명우 엄마도 건희네 건물에서 꽃 가게 하잖아. 맘 카페에서 건희 엄마가 명우네 꽃집

홍보도 해 주고 경조사에 싸고 좋은 꽃이라고 댓글도 무지 달아 놨더라. 엄마들끼리 친하니까 명우도 건희랑 친해진 거지. 손해 볼 것도 없고. 그런데 넌 명우처럼 굽신거리지도 않고 건희한테 너무 뻣뻣하게 대하니까 심통부린 거지 뭐."

"미친놈! 자기네 건물에서 장사한다고 자기 신하라도 된 줄 아나 보지?"

"그래서 내가 너 대신 복수해 줬다. 고맙지? 개도 골탕 좀 먹어야 해."

"어떻게?"

"억울하게 네가 도둑 누명 쓰는 걸 보고 있을 순 없잖아. 명우가 네 가방에 넣은 돈에서 오만 원짜리 지폐 한 장 뺐어. 건희가 잃어버린 돈하고 똑같으면 네가 의심받을 거 아냐. 대신 보너스로 담뱃갑을 건희 가방 뒷주머니에 넣었지. 근데 네 돈은 십오만 원 맞니?"

"얼추 비슷해. 십육만 원이었으니까."

내 말이 끝나기가 무섭게 수아는 가방에서 만 원짜리 한 장을 꺼내 내 앞에 놓았다.

"남은 돈은 학급비로 넣었어."

"그 정도는 괜찮은데……. 찾은 것만 해도 어디야."

"건희네 가훈이 뭔 줄 아냐?"

"뭔 뜬금없는 가훈? 진지충도 아니고 요즘도 가훈 있는 집이 있냐?"

"걔네 집 가훈은 '하면 된다!'가 아니라 '돈이면 다 된다!'야. 건희랑 중2 때 같은 반이었거든. 모둠 활동을 하느라 걔네 집에 간 적이 있었는데 걔 방 책상 위에 가훈을 떡하니 붙여 놓은 거 있지. 내가 배를 잡고 웃었더니 걔네 아빠가 어차피 명문대에 가려고 공부하는 것도 돈 많이 벌려고 하는 거 아니냐고 그랬대. 정말 현실 가훈 끝판왕 아니냐?"

"그런 가훈이라면 우리 집에도 있어. '예의 있게 살자.' 우습지?"

"그럼, 돈 있는 놈하고 예의 있는 놈이 붙은 거네."

수아가 배꼽을 잡고 웃었다.

"너네 집 가훈은 뭔데?"

"우리 집? 음… 은혜든 원수든 받은 건 갚고 살자야. 참! 또 있다. 행복은 각자 알아서 찾자!"

급조한 티가 났지만 수아답다는 생각이 들었다. 이제야 수아를 조금 알 것 같았다.

"참, 학교에 네 소문이 이상하게 났던데…… 아니지?"

"아~ 그 소문? 다 진짜야."

수아는 이미 다 알고 있다는 듯 명쾌하게 대답했다.

"정말?"

난 이번에도 정말이냐고 물었다. 얼굴이 잠깐 화끈거렸다.

"내가 왜 건희랑 선화한테 그런 짓을 한 줄 알아?"

"아니."

난 고개를 저었다.

"우리 셋은 같은 아파트에 사는데 엄마들이 모두 아파트 맘 카페에 가입돼 있어."

"그런데?"

"너 맘 카페 댓글이 얼마나 무서운지 모르는구나? 맘 카페에선 한 사람 매장시키는 건 일도 아냐. 식당이나 유치원도 한순간에 문 닫게 할 수 있어."

"헐."

나는 문득 우리 가게 별점과 리뷰가 신경 쓰였다. 그건 자영업을 하는 사람들에겐 생계 문제와 직결된 거라 한번 찍히면 왕따

128

보다 더 무서운 일이 벌어진다는 걸 알고 있었다.

"우리 엄마도 선화 엄마랑 건희 엄마한테 당했잖아. 우리 엄마가 속도 없이 재혼이니 뭐니 얘기한 거지."

"요즘 세상에 재혼이 어때서?"

"세상은 넓고 꼰대는 많아. 아직도 그런 걸 약점 삼아 가십거리를 만드는 사람이 얼마나 많은데."

수아는 맘 카페 얘기를 하다 기분이 나쁜지 자리에서 벌떡 일어났다. 순간, 나도 모르게 수아 팔뚝을 잡았다. 이번에도 말없이 가 버릴 것 같았다.

"아악!"

수아가 고통스러워했다. 잡힌 팔뚝을 보자 하얀 셔츠에 피가 묻어 나왔다.

"뭐야?"

나는 깜짝 놀라 어찌할 바를 몰랐다.

"별거 아냐."

수아가 가방에서 곰돌이 푸가 그려진 손수건을 꺼내 팔을 감았다. 한 손으로는 못 묶는 것 같아서 내가 해 주겠다고 했다.

"이왕 해 줄 거면 제대로 해라."

수아가 팔을 걷었다. 피 나는 곳 위쪽에도 흉터 자국이 보였다.

"내가 반팔을 못 입는 이유야. 불안하면 팔뚝을 손톱으로 파는 버릇이 있거든."

"아프겠다."

난 달리 할 말이 없었다.

"여기가 허벅지보다 덜 아파. 첨엔 엄마 아빠가 싸우는 걸 볼 때마다 온몸이 가려웠는데, 갈수록 만성이 돼서 한 곳만 긁게 되더라고. 중학생이 되고 허벅지에서 팔뚝으로 상향 조정된 거지. 후훗! 미니스커트 못 입는 것보다 반팔 못 입는 게 더 낫지 뭐."

수아가 피식 웃는데 우는 것처럼 보였다.

"야, 심각한 표정 짓지 마. 원래 숨은 진실은 아픈 거야. 보이지 않는 흉터처럼."

수아는 제법 근사한 말까지 덧붙였지만, 나는 수아 팔뚝만 쳐다봤다. 딱히 무슨 말을 해야 할지 떠오르지 않았다.

"괜찮겠어? 약이라도 발라야 하는 거 아냐?"

"바른 거야. 네가 확 잡아서 그렇지."

"미안. 또 말없이 가 버릴까 봐."

난 고작 한다는 말이 내가 생각해도 유치한 수준이었다.

"나 간다."

수아가 처음으로 간다는 말을 하고 편의점을 나갔다. 나는 한참을 똑같은 자세로 멍하게 앉아 있다가 새우깡을 하나 사 들고 편의점을 나왔다.

집에 와서 모처럼 우리 가게 방문자 리뷰와 별점을 봤다. 수아 얘기를 듣고 온통 신경이 거기 가 있었다. 그런데 이게 뭐람! 나는 내 눈을 의심했다. 회가 썩은 생선 같다느니, 더럽고 불친절하다느니. 별점 하나도 아깝다는 리뷰로 도배가 돼 있었다. 최악의 리뷰만 모아 놓은 것 같았다. 이건 도둑질보다 더한 모함이었다. 혹시 그 새끼가? 머릿속에 건희가 제일 먼저 떠올랐다.

혹시나 해서 아이디를 훑어봤다. 그중 가장 많이 올린 아이디를 찾았다. 이웃 사람, 장미, 마왕, 어린 왕자, flange, jjang……. 너무 많아 골라내기도 어려웠다. 혼자 이런 일을 하기엔 무리수가 있어 보였다. 글솜씨를 봐도 건희 혼자 올린 것 같진 않았다. 똘마니들을 시켰을까? 아니면 자기 엄마한테 말해서 나쁜 소문이 돌게 하고 맘 카페에 올리게 했을까? 모든 화살이 건희에게 꽂히자 그 녀석이 죽이고 싶을 정도로 미웠다.

까칠한 놈, 눈치 없는 놈, 멍청한 놈

중학생이 되고 은따보다는 스따에 가까웠지만 이제라도 건희 녀석과 그 녀석을 추종하는 똘마니들을 처단하기 위해선 친구가 필요했다. 혼자보다는 둘이, 둘보다는 셋이 낫다는 걸 확실히 알았다. 그동안 뭘 모르는 것 같아 또래 애들을 무시했는데, 주어진 환경에 적응하는 법을 아는 나보다 우월한 놈들이었다. 세상은 넓고 친구 할 애들은 많았다. 내가 공부에 손을 놓은 순간부터 교실에 바글거리는 아이들 중 몇 명이 눈에 띄었다. 다행히 걔들은 나를 거부감 없이 대했다. 걔네들의 공통점은 모두 국영수를 못한다는 것이고 굳이 약점을 찾으라면 생긴 것만큼 각기 다른 방식으로 옆 사람을 피곤하게 만든다는 정도다.

첫 번째 친구는 언제 어디서건 까칠한 성격을 드러내서 애들이 싫어하는 민석이 녀석이고, 두 번째는 친구는 아무 때고 눈치 없이 끼어드는 현규 녀석이고, 세 번째 친구는 공부 못하는 이유를 확실하게 보여 주는 멍청한 명환이 녀석이다. 난 그나마 이 친구들이 또래 중 가장 맘에 든다. 걔네들은 적어도 폭력적이지 않고 남에게 거짓으로 대하지 않는다.

까칠한 민석이는 오늘도 급식 시간에 성깔을 부렸다. 짝꿍이 밥을 먹다 코를 후볐다는 것이다. 민석이는 수저를 팽개치고 자기가 먹던 급식을 짝꿍에게 부었다.

"더러워서 너랑 못 먹겠다! 너 다 처먹어 새꺄!"

"……."

민석이 짝 효운이는 교실을 박차고 나가는 민석이 뒤꽁무니를 하염없이 바라보기만 했다. 민석이가 보이지 않는데도 한참을 얼음이 된 상태로 있었다.

주변에 있던 아이들은 그런 효운이를 보고 한마디씩 했다.

"쟤 또 당했다. 불쌍한 새끼."

"민석이랑 짝이 된 게 첨부터 불행한 거지."

"저번엔 내가 옆에서 재채기 한번 했다고 감기 바이러스 옮는다고 바로 마스크 쓰더라."

"혼자 깨끗한 척하는 졸라 재수 없는 새끼!"

대체로 욕 섞인 위로의 말이었다.

그때 눈치 없는 현규가 치아에 낀 교정기를 훤히 드러내며 다가왔다. 그리고 다짜고짜 헛다리 짚는 말을 했다.

"고인돌한테 당해서 밥맛이 없냐? 고인돌은 어차피 우리 괴롭히는 재미로 선생질 하는데, 그러려니 해라."

고인돌은 학생주임 선생님이다. 아침 등교 시간에 효운이가 간발의 차이로 지각한 걸 현규가 교실 창문으로 본 것이다. 고인돌에게 용서란 없다. 효운이와 몇몇 아이들은 교문 앞에서 초등생처럼 10분간 손을 들고 서 있어야만 했다. 팔이 아픈 것보다 오가는 사람들이 쳐다보는 게 더 쪽팔리는 일이다.

지금 그걸 얼음이 된 효운이 모습과 연관시킨 것이다. 하긴, 처음부터 들었대도 무슨 내용인지 도대체 개념이 안 잡히는 놈이긴 하다.

"그런 거 아니니까 모르면 잠자코 있어. 나중에 얘기해 줄게."

난 현규 어깨에 손을 얹고 타이르듯 말했다. 현규까지 다른 애들한테 놀림거리를 만들고 싶지 않았다.

"내가 그런 눈치도 없을까 봐? 끝나고 내가 떡볶이 쏠게. 머피의 법칙에 걸린 효운이도 위로해 줄겸."

"짜식! 의리는 있어 가지고. 그렇게 훌륭한 생각은 도대체 어디에서 나오는 거냐?"

난 현규가 누구보다 편하게 느껴졌다.

"명환이도 끼워 주자."

"당연하지. 명환이도 오늘 마음고생 열라 했는데."

멍청한 명환이는 수학 시간에 스마트폰을 보다 들켰다. 조회 시간에 깡통 핸드폰을 대신 넣은 애들은 명환이 말고도 꽤 많다. 문제는 수학 선생님은 고인돌보다 몇 배 더 강력한 하이에나다. 한번 물면 시체까지 발라 먹어서 붙여진 별명이다. 빌어도 시원찮을 판에 명환이 녀석은 하이에나가 다가오자 멀뚱멀뚱 바라보더니 뜬금없는 질문을 했다.

"선생님, 죽을 때까지 얼마 정도의 돈이 들까요?"

"그야 어떤 방식으로 사느냐에 달렸지. 그게 궁금해서 네이버 지식인한테 물어봤냐?"

어이없는 표정을 짓던 하이에나는 아주 쉽게 대답했다. 그리고 히죽 웃으며 조용히 시체를 물어뜯었다. 우선 명환이를 앞으로 불러냈다.

"넌, 죽을 때까지 필요한 돈을 어떻게, 얼마나 벌지 계산하고 칠판에 적어 놓은 문제를 풀어라."

하이에나는 냉혹한 표정으로 말했다. 못 풀었다간 가만 안 두 겠다는 굳은 얼굴이었다. 아마 수업 진행을 방해한 대가를 톡톡 히 치르게 할 모양이었다.

얼결에 앞으로 불려 간 멍청한 명환이는 또 이렇게 말했다.

"아침에 엄마가 나한테 들어가는 돈이 너무 많아서 노후가 걱 정된다고 하셔서요."

아이들은 책상을 두드리며 웃었다. 나 역시 정말 어이없는 놈 이라 생각했다. 항상 기대를 저버리지 않는 엉뚱한 놈이다.

명환이는 자못 진지한 답변이라 스스로 생각했는지 웃는 아이 들 앞에서 머리를 긁적거렸다. 그러고는 아이들의 비웃음을 뒤 로하고 칠판 문제를 풀려고 돌아섰다. 하지만 칠판을 뚫어지게 쳐다볼 뿐 손도 대지 못했다.

"인마! 수학을 잘해야 네 인생에 돈이 얼마나 들지 계산을 할 거 아냐. 머리가 나쁘면 노력이라도 해야 너희 부모님이 학원 한 군데라도 덜 보낼 거고. 그럼 그 돈으로 부모님 노후 자금으로 쓰시면 되지. 알겠냐?"

하이에나는 명환이에게 꿀밤을 먹이고 수업이 끝날 때까지 구석에 서 있으라고 했다. 그걸로 끝나면 다행인데 앞으로 명환이한테 들어갈 교육비와 양육비를 계산해서 엄마한테 사인까지 받아 오라고 했다.

난 명환이보다 하이에나 선생님이 더 멍청해 보였다.

'그럼 나처럼 수학을 잘하는 사람은 내 인생에 돈이 얼마가 들어갈지 계산할 수 있다는 건가?'

알 수 없는 미래를 어른 인간들은 참 쉽게 말한다는 생각이 들었다. 중요한 건 내가 그 애들이 좋고 친구로 받아들이고 있다는 것이다. 이유 같은 건 없다. 나와 다른 생각을 가진 애들이 맘에 드는 건지도. 가뜩이나 복잡한 머릿속을 지금부터 계산하며 복잡하게 살고 싶진 않았다.

오늘도 넷이 어울려 급식을 먹고 쉬는 시간에 게임 얘기를 하며 수다도 떨었다. 맹숭맹숭한 광어회에 초장을 찍어 먹는 맛이었다. 하마터면 이런 맛도 못 느끼고 중딩 생활을 마감할 뻔했으니 불행 중 다행이라고 해야 하나.

근래 나만큼 달라진 애가 있다면 선화였다. 반장인 수아가 전학 가고 나서 선화가 임시 반장이 됐는데 선화는 수아에 대한 미안함인지, 아니면 임시 반장으로서 작은 책임감 같을 걸 느꼈는지 평소와 많이 달라 보였다. 친했던 여자애들하고도 어울리지 않고 험담하는 것도 멈췄다. 쉬는 시간에도 입을 꾹 다물고 앉아 있거나 다음 수업을 위해 칠판을 꼼꼼히 지우고 교탁을 정리하는 걸 보면 제2의 수아를 보는 것 같았다.

"쟤 좀 변한 거 같지 않냐? 수아가 하는 것마다 트집 잡고 그렇게 잡아먹으려고 하더니."

난 은근히 애들 생각을 듣고 싶었다.

"그런 게 다 질투심에서 나오는 거야."

명환이가 뜻밖의 예리한 답변을 했다.

"와! 명환이 좀 똑똑해진 듯! 요즘 머리 좋아지는 영양제 먹냐?"

"미친 새끼. 나 원래 똑똑하거든. 거의 명탐정 수준이지."

"큭큭! 명탐정? 그래 어리버리 명탐정이라고 해 두자."

현규까지 명환이를 놀리자 민석이가 한마디 했다.

"하긴, 천재들이 바보처럼 행동하기도 하지. 그렇다고 명환이가 진짜 천재는 아닌 것 같고 동물적 감각이라고 해두자."

"여기에 천재 없으니까 그런 얘긴 그만하자. 그런 건 중요한 게 아냐."

내가 랩을 부르듯 말하자 얘들이 나를 빤히 쳐다봤다.

"짜식! 제법인데."

현규가 인정한다며 엄지를 치켜세웠다.

"너넨 요즘 무슨 랩 듣냐?"

"난 쌈닭 노래가 좋더라."

까칠한 민석이가 대답했다.

"너도 랩 좋아하냐? 내가 요즘 듣는 랩 알려 줄까?"

"한번 제대로 불러 봐."

"여기서?"

"어차피 중얼거리는 건데 어디면 어때?"

난 애들 응원에 힘입어 솔트의 〈비행 소년〉을 앞 소절만 작게 불렀다. 애들도 리듬에 맞춰 고개를 까닥거렸다. 그런데 갑자기 명환이가 끼어들었다.

"야, 뻐드렁니! 넌 현규처럼 이빨 교정 안 하냐?"

"갑자기 웬 교정?"

"우리 엄마가 나더러 교정하래는데, 어휴! 난 무서워서 못 하겠다고 했어. 글쎄 의사가 이빨을 두 개나 빼라고 하잖아."

"넌 무섭다면서 왜 나더러 하래?"

"너 랩 부르는 거 보니까 갑자기 프레디 머큐리가 떠올라서. 프레디 머큐리도 이빨만 교정했으면 미남 소리 들었을 텐데."

"퀸의 프레디 머큐리가 날 닮았다고?"

"와~ 명환이 얘기 들으니까 너 진짜 프레디 머큐리 닮았다! 그 가수 런닝 입고 무대에서 노래하는 거 텔레비전에서 봤거든."

"뻐드렁니들이 원래 노래를 잘하나 보다."

민석이와 현규는 명환이보다 한 수 더 떠서 말했다.

"이것들이 정말!"

세 놈들은 수업 종이 칠 때까지 퀸의 〈레디오 가가〉를 아무렇게나 흥얼거렸다.

"오랜만에 레디오 가가! 레디오 구구!"

3부

아직은
열여섯

침입자

도대체 엄마는 어디서 무엇을 하는 걸까? 내 생각을 하긴 하는 걸까? 깨진 창문 사이로 초승달이 보였다. 엄마가 돌아올 거라는 초승달처럼 작은 불씨가 꺼져 가고 있었다. 오늘도 아빠는 엄마를 원망하며 혼자 술을 마셨다. 난 아빠가 또 술주정할까 봐 내 방에서 꼼짝하지 않았다. 그런데 난데없이 창문 깨지는 소리가 와장창! 들렸다. 나는 게임을 하다 놀라서 뛰쳐나왔다. 밖에서 누가 돌을 던진 줄 알았다.

"정치를 저 따위로 하니 우리 같은 사람들이 살기 힘든 거라고!"

아빠가 뉴스를 보며 소리를 질러 댔다. 창문 밑엔 깨진 유리 조각과 반으로 갈라진 텔레비전 리모컨이 있었다. 아빠가 텔레비전을 보다 리모컨을 창문에 던진 모양이었다. 리모컨은 마치 내장을 훤히 드러낸 물고기 사체 같았다.

"휴."

나도 모르게 한숨이 나왔다.

"아빠가 속상해서 그래. 아들, 이리 와서 앉아 봐. 아무래도 아빠가 가게를 접어야 할 것 같다. 장사가 안 돼도 너무 안 돼."

아빠가 겸연쩍은 표정을 지으며 나를 앉혀 놓고 하소연을 하려 했다. 나는 리뷰 얘기를 하려다 그만두었다. 예전에도 내가 블로그나 리뷰에 신경 써야 한다고 말했지만 아빠는 바쁘다는 핑계로 내 말은 귓등으로도 듣지 않았다.

"졸려요. 잘래요."

난 술 취한 아빠 옆에 앉아 신세타령을 듣고 싶은 마음이 개미 눈물만큼도 없었다. 속으론 정치인들 때문에 살기 힘든 게 아니라 아빠 때문에 살기 힘들다고 소리치고 싶었다. 하지만 언제나 그렇듯 내 성대는 제 역할을 하지 못한다. 마음 같아선 성대를 리모컨처럼 반으로 갈라 끊긴 회로를 다시 연결하고 싶었다.

거실은 골목길로 창문이 나 있어 잘 열지 않는데, 이젠 항상 하늘을 볼 수 있게 돼 버렸다. 집안 꼴이 엉망이 될수록 내 심장은 깨진 유리 파편처럼 날카롭고 잘게 부서졌다.

예전에 인구 조사하러 온 아줌마가 했던 말이 떠올랐다. 계단을 올라오느라 힘이 들었는지 헐떡거리며 말했다.

"천국으로 가는 계단엔 비상구가 없다더니. 헉헉!"

영화 제목도 아니고 우리 집이 천국이면 우리 식구는 유령이란 말인가? 난 그때 아줌마가 이상한 말을 해서 혹시 사이비 종교를 전파하러 온 건가 하는 의심이 들었다. 지금 생각해 보면 사람이 살 만한 곳이 못 된다는 말을 듣기 좋게 표현한 것 같다. 아줌마가 그렇게 무식해 보이진 않았으니까.

언덕 너머 계단, 그 위에 또 계단……, 그 끝에 우리 집이 있다. 아직도 이런 집이 있네 하며 놀라거나 경치 한번 좋다며 감탄하는 사회 복지사도 있었다. 더러는 재개발을 꿈꾸며 끝까지 버티냐고 묻는 사람도 있었다.

모두 다 헛소리다. 이 골목 사람들은 대부분 여기가 집이니까 그냥 사는 거다. 엄마는 날마다 오르내려도 한 번도 힘들단 소리를 안 했고, 나 역시 높은 곳에 집이 있어 불만스러운 적은 없었다. 진짜 힘든 건 그딴 시시한 게 아니다.

창문을 부순 다음 날, 아빠는 깨진 창문에 비닐을 덮어 테이프로 붙이고 나갔다. 유리창을 새로 끼울 생각이 전혀 없어 보였다. 보기가 흉해서 그렇지 다행히 날씨가 더워서 크게 신경 쓰이진 않았다. 아주 잠깐 도둑이 들면 어쩌나, 하는 걱정을 했지만 도둑이 이런 곳까지 와서 우리 집을 털 정도면 정말 막다른 골목처럼 막바지에 다다른 사람일 거란 생각이 들었다.

　하지만 염려했던 일이 현실로 나타났다. 학교 갔다가 집에 오니 깨진 창문에 붙여놓은 비닐이 뜯어져 있었다. 아무리 허술하게 붙였어도 바람이 뜯어낼 정도는 아니었다. 누군가 우리 집을 염탐하고 간 게 틀림없었다. 집에 들어가기가 약간 두려웠다. 다행히 현관문은 그대로 잠겨 있었다.

　'밖에서 뜯어 보고 간 건가?'

　조심스럽게 대문을 열고 들어가 현관 비밀번호를 눌렀다. 별다른 이상은 없는데 식탁 위에 있던 어묵볶음이 감쪽같이 사라지고 설거지통이 어지럽혀 있었다.

　누구지? 누가 그깟 어묵볶음을 먹고 창문으로 달아난 걸까? 생각할수록 한심한 도둑이었다.

　저녁에 아빠한테 깨진 창문 유리를 빨리 끼워야겠다고 말했다.

"바람이 솔솔 들어오니까 시원해서 좋네."

아빠의 대답은 간단명료했다. 유리를 새로 끼워야겠다는 말은 없었다. 나 참! 언제부터 그렇게 긍정적인 마음으로 살았다고. 도둑만큼 어이없는 어른이란 생각이 들었다.

다음 날도 집에 들어가기 전에 밖에서 창문을 확인했다. 또다시 비닐이 뜯어져 있었다. 처음도 아니고 괜히 집에 잘못 들어갔다가 봉변당할까 싶어 골목을 한참 동안 서성댔다. 도둑이라면 부디 돌아가길 바라면서. 하지만 한참을 기다려도 도둑처럼 보이는 사람은 나타나지 않았다. 외골목이라 쥐새끼 한 마리도 이 길을 통하지 않고는 내려갈 수 없다. 옆집 아줌마만 장바구니를 들고 올라오고 있었다. 아줌마는 나를 보자마자 기다렸다는 듯이 말을 붙였다.

"너네 집 창문 깨졌더라. 아빠가 그랬니?"

아줌마는 호기심 가득한 얼굴로 내게 바짝 다가와 물었다.

"아니요……. 제가 실수로."

본능적으로 아빠를 보호하고 나섰다. 엄마도 없는데 아빠까지 나쁜 소문에 휩싸이게 할 순 없었다.

"집 안에서 공놀이했구나? 그러지 말고 밖에서 놀아. 그나저나 너네 엄만 언제 오는 거냐?"

"곧 오실 거예요. 그럼 안녕히 가세요!"

난 아줌마가 또 다른 질문을 할까 봐 곧바로 계단을 뛰어 내려 갔다. 해결도 못 해 줄 거면서 꼬치꼬치 캐묻는 게 성가셨다.

편의점에서 핫바를 사 먹고 다시 집으로 갔다. 다행히 문은 잠겨 있었다. 안도의 한숨이 푹 나왔다. 가뜩이나 들어가기 싫은 집이 이젠 조심스럽기까지 하다니…….

발을 천천히 집 안으로 내디뎠다. 그때였다.

"야옹!"

얼룩 고양이가 싱크대에서 펄쩍 뛰어내렸다. 마치 내가 침입자가 된 기분이었다. 고양이가 그걸 증명하듯 내게로 유유히 걸어와 나를 빤히 올려다봤다. 네가 뭔데 여기 들어왔어? 하는 표정이었다. 난 그때까지 꼼짝없이 얼음이 돼 있었다.

'젠장! 이게 주객이 전도됐단 얘긴가?'

사람이 아닌 동물이 집에 침입할 거란 생각은 못 했다. 나는 당장에 야박하게 쫓아낼 수 없어 그 녀석이 뭘 하는지 지켜봤다. 그 녀석도 나를 보고 겁먹기는커녕 아무렇지 않게 이곳저곳을 살펴보며 제집처럼 돌아다녔다. 새끼도 아니고 그렇다고 늙은 고양이도 아닌 걸로 봐선 이제 막 아기 티를 벗어난 정도였다. 사람을 낯설게 대하지 않는 걸로 보니 주인이 있는 고양이거나 버려진 지 얼마 되지 않은 것 같았다. 녀석은 그렇게 한참을 머물다 깨진 창문에 붙여 놓은 비닐 사이로 빠져나갔다. 들어온 곳으로 다시 나갈 줄 아는 걸 보면 꽤 똑똑한 고양이란 생각이 들었다.

"잘 생각했다. 지금은 널 키울 상황이 아닌 것 같다."

나는 고양이 뒤꽁무니에 대고 말했다. 하지만 그게 끝이 아니었다. 내 인생에 예고 없이 뛰어든 녀석 때문에 피곤한 일이 생겼다. 처음 본 날 확실하게 쫓아내지 못한 게 내 실수였다.

그 녀석은 날마다 우리 집을 염탐하고 가는 것은 물론 소파에서 잠을 자고 있기도 했다.

"또 너냐?"

"야오옹."

꼬리를 쳐들고 무작정 덤벼드는 녀석을 난 홀린 듯 좋아하게 되었다.

그날 이후, 학교에 갔다 오면 으레 그 녀석이 있었고 난 녀석이 오지 않으면 내심 기다리기까지 했다. 동네에서 정말 흔하게 볼 수 있는 길고양이가 갑자기 특별한 존재가 된 것이다. 마치 우리 집 고양이가 되기 위해 짜잔! 하고 나타난 거 같기도 하고, 누군가 나를 위해 보내 준 거 같기도 했다.

뭘 잘 먹을까? 밤에 잠은 어디서 잘까? 고양이에게 관심이 생기자 별의별 게 다 궁금했다. 고양이는 내가 집에 오면 오래 머물지는 않았다. 먹을 게 있으면 얻어먹고 잠시 앉아 있다 다시 창문을 통해 돌아갔다. 수시로 들락거리지도 않았다. 그래서 다행이었다. 아빠 눈에 띄는 것보다 나았다.

그 녀석이 집으로 침입한 후 생각지도 않은 긴장을 하게 됐고, 생각지도 않은 기다림을 또 한 번 경험하게 됐다. 마음 같아서는 목에 방울이라도 달아 주고 싶었다. 나는 고양이와 노는 법도 모르고 다루는 법은 더더군다나 모른다. 강아지라면 더 빨리 친해졌겠지만 고양이는 항상 적당한 거리를 두고 있어서 친해지기가 정말 어려웠다. 자기 볼일이 끝나면 획 하고 가 버리는 냉정한 고양이를 나는 킹콩이라고 불렀다. 전에 TV 영화 채널에서 킹콩이라는 영화를 봤는데, 한 여자만 끝까지 사랑한 속 깊은 킹콩이 동물처럼 보이지 않았다. 고양이 이름을 붙여 주려다 문득 킹콩이 떠오른 것이다. 고양이나 나나 표현은 잘 못 해도 속으론 서로 좋아하고 있다는 믿음이 생겨서 그렇게 이름 지었다.

다행히 고양이는 킹콩이라는 이름을 몇 번 부르자 '야옹' 하고 답했다. 그 후, 무조건 집 앞에 다다르면 "킹콩! 나왔다!" 하며 크게 소리쳤다. 그러자 내 곁에 머물던 외로움이 한 발짝 뒤로 물러났다.

영화처럼

킹콩을 만난 뒤로 피시방을 덜 가게 되고 우산을 훔치기 위해 비를 기다리는 일도 줄어들었다. 그리고 어떻게든 시간은 흘러 갔다. 엄마가 곁에 없어도 시간은 시간의 할 일을 하고 있었다.

집안일도 차츰 익숙해져서 엄마와 살던 기억은 점점 희미해졌다. 하지만 물건은 시간과 달리 옛일을 새록새록 기억나게 하는 묘한 신통력을 가지고 있었다. 그 물건을 오늘 서랍 속에서 발견했다. 그것을 손에 쥐는 순간 그때 일이 밀물처럼 밀려들었다.

초등학교 5학년 때 처음으로 교회에 갔다. 친구가 교회 행사에 오면 간식과 기념품을 준다고 해서 무작정 따라갔다. 거짓말은 아니었다. 성경에 대한 이런저런 얘기를 듣는 걸 제외하곤 다

괜찮았다. 난 그 시기에 그리스 로마 신화 만화책을 시리즈로 읽고 있어서 성경에 나오는 인물들이 시시하게 느껴졌다. 그림 없이 깨알처럼 작은 글씨만 가득한 성경책도 전혀 읽고 싶지 않았다. 교회 선생님은 그날 같이 온 아이들과 성경 퀴즈 게임을 하고서 간식과 선물을 주었다. 선물은 새 신자 환영이라는 글귀가 새겨진 수건과 나무로 만든 십자가 목걸이였다. 십자가 목걸이를 받는 순간 그것만 있으면 밤길도 무섭지 않고 귀신도 쫓아낼 수 있을 것 같았다. 그래서 며칠간 그 목걸이를 걸고 다녔다. 목걸이를 쥐고 처음 기도도 해 봤다. 적어도 내겐 강력한 수호신처럼 느껴졌다.

그 목걸이가 며칠 전 엄마 옷장에서 나왔다. 티셔츠를 찾다 엄마가 쓰는 장롱 서랍을 열었다. 엄마 옷은 차곡차곡 개 있었다. 코가 찡했다. 엄마 옷이 숨을 쉬는 듯했다. 엄마가 자주 입던 연두색 티셔츠가 보이자 갑자기 심장이 빠르게 뛰더니 목울대까지 뭔가 치밀어 올라왔다. 울기 싫어 침을 두 번 삼켰다.

"젠장! 나도 싫으니까 떠난 거잖아!"

서랍을 확 닫으려는 순간 움찔했다. 서랍 구석에 가죽끈처럼 보이는 줄이 눈에 띄었다. 줄을 잡아당겼다. 교회에서 받은 십자가 목걸이였다. 엄마가 왜 이걸 보관하고 있었을까? 붙잡고 기도라도 했나? 난 새삼스레 엄마가 어떤 기도를 했을까 궁금했다.

내가 그 당시 십자가 목걸이를 받고 머릿속에 떠오른 첫 기도 제목은 드론을 갖게 해 달라는 거였다. 하지만 며칠이 지나도 기도 응답이 없었다. 난 그럼 그렇지, 하고 십자가 목걸이를 내팽개치고 다신 걸지 않았다. 그 뒤로 전도한 친구가 하도 사정을 해서 한 번 더 교회에 갔지만 처음 갔을 때보다 재미없는 설교가 이어지고 선물은 주지 않았다.

나를 전도했던 그 애는 지금 생각해도 정말 끈질겼다. 일요일만 되면 우리 집 앞에서 기다렸고 난 매번 거절했다. 그 뒤로 그 친구와는 자연스럽게 멀어졌다. 그 애는 열두 살이라는 나이에 뭘 믿고 그렇게 교회에 열심히 다닌 걸까? 그 애가 믿는 예수님은 그 애의 소원을 특별히 많이 들어준 걸까? 지금도 그것이 궁금하다. 꼭 교회를 같이 다녀야 친구 관계가 이어지는 건 아닐 텐데. 그 애는 내가 교회를 다녀야만 관계를 이어 갈 셈이었던지 더 이상 친해지려 애쓰지 않았다.

그 뒤로 새 신자 환영이라고 쓰여 있는 수건을 쓸 때면 꼭 그 애 생각이 났다. 이름도 기억나지 않는 그 애가……. 그리고 약간은 양심에 찔렸다. 그 애가 정말 나한테 정성을 쏟았다는 생각이 들어서다. 그 정성이란 게 사실 떡볶이와 튀김 같은 걸 사 줬다는 거지만.

'예수님이 혹시 나를 먹튀로 생각하진 않겠지?'

난 장롱 서랍에서 나온 십자가 목걸이를 보고서 아주 작은 양심 고백 같은 걸 했다. 그런데 신기하게도 십자가 목걸이를 새로 발견한 지 얼마 되지 않아 처음 교회에 데려간 친구를 정류장에서 만났다. 이런 게 운명적인 만남이라는 건가? 마치 십자가 목걸이가 다시 연결해 준 느낌이었다.

집에다 가방을 던져 놓고 피시방에서 두 시간 동안 게임을 하고 나오는 길이었다. 그 녀석은 키와 덩치가 못 알아볼 정도로 커 버렸다. 내가 금세 알아볼 수 있었던 건 얼굴만은 예전 그대로였기 때문이다. 중학교를 다른 학교로 배정받아서 학교에서 만날 일도 없고 까맣게 잊고 지냈는데……. 그 애를 보는 순간 그 애와 보낸 시간이 끊긴 영화 필름처럼 부분적으로 떠올랐다. 가장 기억에 남는 건 그 애가 눈을 감고 두 손을 꼭 모으고 뭐라고 중얼거리며 기도하던 모습이었다.

그 녀석도 나를 알아보는 눈치였다. 그 애 옆에는 친구로 보이는 두 애가 주머니에 손을 찔러 넣고 껄렁거리며 얘기를 나누고 있었다. 무엇보다 내가 놀란 건 그 애의 손에 꽂힌 담배였다. 그 애는 보란 듯이 담배 한 모금을 깊이 빨아 마시고 연기를 뿜어냈다. 어쩌다 담배 피우는 애들을 보긴 했지만 교복을 입고 큰길에서 대놓고 피우는 아이는 처음 봤다. 해도 지지 않았는데 배짱을 넘어 시건방 떠는 분위기였다.

난 그냥 모른 척 지나치는 게 나을 것 같아 고개를 돌리고 옆으로 걸어갔다. 그 애도 나를 모른 척하길 바라면서……. 하지만 나의 소심한 바람은 무너졌다. 곧바로 내 이름이 큰소리로 불렸다.

"명가온! 야, 명가온!"

그 애는 내 이름을 똑똑히 기억하고 있었다.

난 그 자리에서 주춤했다. 이런 애매한 상황이 불편했다. 어느새 그 애가 달려와 내 어깨에 손을 얹었다.

"오랜만이다."

"응."

난 짧은 인사로 마무리 짓고 어색한 자리를 피하고 싶었다.

"너, 안 바쁘면 편의점에서 담배 한 갑만 사다 줄래?"

"뭐?"

그 애의 뜬금없는 부탁에 난 잠시 멘붕이 왔다.

"나…… 지금 바빠. 엄마랑 약속 있어."

난 어린애처럼 집에도 없는 엄마 핑계를 댔다. 그러자 갑자기 그 애 뒤에 서 있던 녀석들이 나를 붙잡았다.

"야! 친구라면서 그것도 해 주기 싫나?"

"싫은 게 아니라 미성년자한테는 담배를 안 팔 거 아냐."

"방법을 알려 줄 테니 잠깐 저쪽으로 가서 얘기 좀 하자."

두 녀석이 나를 끌고 가다시피 했다.

'으씨! 여기도 똘마니가 있네.'

왜 저런 변태 새끼들은 똘마니들을 끼고 다니는지 모르겠다. 일본 사무라이처럼 가오를 잡는 건지, 혼자선 싸울 힘이 없는 건지. 어쨌거나 잘못 걸려들었다는 생각이 들었다.

"이거 놓고 말해!"

난 두 놈이 붙잡은 양팔을 거세게 뿌리쳤다. 그러자 한 놈이 주먹으로 날 치려했다.

그때 골목 어귀에서 내 이름을 부르는 소리가 들렸다.

"가온아!"

수아였다. 이런 상황에서 수아를 다시 만났다는 게 너무 쪽팔렸다. 눈치를 보며 어물쩡거리다 내가 먼저 말을 걸었다.

"어……. 어디 가니?"

"난 지금 편의점 가는 중. 근데 넌 여기서 뭐 해?"

수아는 내가 다른 학교 남자애들한테 둘러싸여 있는 게 이상했는지 세 놈을 유심히 쳐다봤다.

"바쁘다더니 여친 만나러 가느라 바빴구나?"

나를 치려던 녀석이 비아냥거리며 수아에게 다가갔다. 그러더니 수아 어깨에 손을 올리고 수아 머리카락을 만졌다.

"너도 우리랑 같이 놀래?"

"미친놈!"

수아는 그놈 손을 치며 말했다.

"오! 센데. 근데 넌 쟤랑 안 어울린다. 딱! 내 스타일이야."

그 녀석은 또다시 수아한테 치근덕거렸다.

나는 그 상황을 모면하고 싶어 수아 손을 잡고 무작정 뛰었다. 저번처럼 팔뚝은 잡지 않았다. 뒤에서 놈들이 쫓아오는 소리가 들렸다. 영화처럼 추격전이 펼쳐지는 기분이었다. 남자 주인공은 예쁜 여자 손을 잡고 깡패들한테서 벗어나지 않는가. 이 상황에

짜릿한 스릴이 느껴진다는 게 이상했다. 내가 주연 배우처럼 싸움을 잘했으면 좋았을 걸 하는 생각까지 들었다.

발이 저절로 우리 집 방향으로 향했다. 길고 높은 계단을 계속 올라가면 저 녀석들도 지쳐서 포기할 것 같았다. 하지만 그 녀석들은 생각보다 끈질겼다. 어느 순간 거리가 좁혀지자 어떤 놈이 내 머리에 운동화 짝을 던졌다. 정통으로 내 머리에 맞았다.

"우쒸!"

나는 그 자리에 멈춰 수아 손을 놓고 뒤돌아섰다. 초등학교 때 비참했던 기억이 스파크를 일으켰다.

"누가 던졌어?"

"나지. 누구겠냐? 너 별명이 운동화 대가리였잖아."

그 말을 하는 녀석은 바로 교회 신봉자 주찬이였다. 별명이 불리는 순간, 충격으로 기억 상실증에서 깨어난 듯 갑자기 그 애 이름이 또렷하게 되살아났다.

"김주찬. 네가 믿는 하나님이 너더러 이딴 쓰레기가 되라고 한 거냐? 너 옛날 별명은 전도 왕 주찬이였잖아? 이제 보니 사이비 전도 왕이었네. 하하하!"

난 본격적으로 비웃었다. 영화 주인공처럼 멋지게는 못 싸우지만 수아 앞에서 비굴한 모습을 보일 순 없었다.

"이 새끼가!"

주찬이는 본격적으로 싸울 태세를 갖추었다. 옆에 있던 똘마니 녀석들도 주변을 둘러보며 쓸 만한 무기가 있는지 살폈다. 한 놈이 어디서 나뭇가지를 줍자 또 한 놈은 큼직한 돌을 주웠다.

"진짜 찌질한 새끼들이네. 가온아, 저런 거지 같은 새끼들은 어떻게 알게 된 거야?"

수아도 가만있지 않을 폼새였다.

"넌 빠져."

난 수아 앞을 막아섰다. 속으론 이쯤 되면 영화에선 경찰들이 호루라기를 불며 달려오는데, 현실에선 주위가 이상하리만큼 조용했다. 지나가는 사람도 한 명 없었다. 그사이 주찬이가 점점 내게 다가오더니 주먹으로 내 얼굴을 쳤다. 역시 싸움의 기술에서 가장 중요한 건 선빵이었다. 생각보다 안 아팠다. 아빠한테 맞아서 맷집이 생긴 것 같았다.

"다 때렸냐?"

순간, 내 속에 잠자고 있던 괴물이 튀어나온 것 같았다.

"다 때렸냐고 묻잖아 새꺄!"

난 한 손으로 그 녀석의 머리채를 잡고 다른 한 손으로 그 녀석 얼굴을 갈겼다. 그러고 나서 곧바로 다리를 올려 그 녀석의 배를 있는 힘껏 찼다.

"아악!"

녀석은 뒤로 벌러덩 자빠져 고통스러워했다. 그걸 본 옆에 있던 두 놈이 나한테 한꺼번에 달려들었다. 쉽게 끝날 싸움이 아니었다. 아무리 머리를 굴려도 무기까지 든 놈들한테 이기기는 어려울 것 같았다. 또다시 도망가야 하나, 하는 찰나 어디선가 묵직한 목소리가 들렸다.

"너희들 뭐야!"

나는 구원자의 얼굴을 보기 위해 고개를 돌렸다. 동건이 형이었다.

"형……."

"치사하게 사내새끼들이 일 대 삼으로 붙을라 카나?"

형은 호기롭게 말했다.

놈들은 피식 웃으며 고개를 삐딱하게 쳐들고 형에게 천천히 다가갔다.

"쳇! 넌 뭔데 끼어들어? 삐쩍 마른 멸치처럼 생겨 가지고."

"아, 이 짜슥들 말귀 못 알아 처묵네. 나 오랜만에 얼라들이랑 몸 풀게 생겼뿟네."

동건이 형은 메고 있던 가방을 옆에 내려놓고 발차기와 권투로 몸 푸는 시늉을 했다.

"시간 없으니까 한꺼번에 덤비라."

형은 진짜 놈들과 싸울 모양이었다. 그러자 자빠져 있던 주찬이까지 가세해서 세 놈이 한꺼번에 형한테 덤벼들었다.

"얍! 얍!"

"억!"

"악!"

"윽!"

나는 형의 다리가 그렇게 긴 줄 처음 알았다. 두 번의 발차기와 한 번의 팔꺾기로 세 놈을 제압했다. 그런데 돌을 들고 나가떨어졌던 놈이 주머니에서 커터칼을 꺼내 휘둘렀다.

난 수아 손을 잡고 한 발짝 뒤로 물러났다.

"덤벼! 죽여 버릴 거야."

"햐~ 니는 여서 연필 깎을라 카나? 위험한 거 갖고 장난치면 안 된데이. 봐줄 때 고만하고 빨리 꺼지라. 나한테 얻어맞고 병원

신세 진 놈들 천지 빼까리다."

형은 말은 그렇게 했지만 긴장되는지 자세를 고쳐 잡았다. 그 놈은 커터칼로 자신감을 회복했는지 형한테 점점 다가왔다. 그때 형이 비호처럼 달려가 긴 다리로 커터칼 든 팔을 내리쳤다. 결국 세 명의 아이들은 모두 형 앞에 무릎을 꿇었다. 무협 소설에서나 볼 법한 장면이었다.

"개뿔! 힘도 없는 피라미 새끼들이 까불고 있었네. 야! 느그들 한 번만 더 우리 가온이한테 찝쩍대믄 담엔 두 발로 못 걸어갈끼다. 알긋나? 이번엔 맛만 보여 준 기라."

"네."

놈들은 대답과 동시에 뒤도 안 돌아보고 도망쳤다. 난 동건이 형이 그렇게 싸움을 잘하는 줄 몰랐다. 요리 자랑이나 했지 운동했다는 얘기는 한 번도 한 적이 없었다.

"형, 무술 배웠어?"

"보기엔 말라 보여도 이게 다 근육이다카이. 우리 아빠가 내가 하도 약골로 태어나서 어릴 때부터 별의별 운동을 다 시켰다 아이가. 태권도부터 쿵후, 무에타이. 내가 울면서 배운 거 생각하면 말로 다 몬 한다."

"부럽다."

"부럽긴, 별게 다 부럽다. 하긴, 이제 어디 가서 맞고 다니진 않으니까."

형은 교복 바지를 툭툭 털었다. 그런데 바지 종아리 쪽이 찢어져 있었다.

"형, 잠깐!"

"와 또?"

"어떡해……."

형 바지를 들어 올리자 종아리에서 피가 나고 있었다. 커터칼 든 손을 내리치다가 형 종아리가 칼에 그어진 모양이었다.

"괜찮다. 약 바르면 된다."

형은 대수롭지 않게 말했지만 상처가 깊을까 봐 걱정됐다.

"어서 드가라. 난 학원 가야 한다."

"응."

나는 형의 뒷모습을 한참 동안 바라봤다. 마치 마블 영웅이 일을 끝내고 유유히 사라지는 듯했다. 뒤끝이 통쾌하면서도 한편 찝찝하고 쏩쏠했다. 오랜만에 만난 범생이 친구가 남에게 해를 끼치는 악당으로 변해 버리다니. 흥분이 좀체 가라앉질 않았다.

중학생이 돼서 나도 많이 변했겠지? 그 애 눈에 나는 어떻게 비쳤을까? 학원이 아닌 피시방에서 나오는 삐딱한 아이? 어쩜 자기와 같은 부류라 생각돼서 친구가 되고 싶었는지 모른다. 그 애는 예전에도 교회를 같이 다녀야 친구 관계를 이어 갔으니까.

"저 오빠 누구야?"

수아가 물었다.

"앞집 형."

"멋지다. 완전 내 스타일이네."

"저 형 없었으면 나도 그 정도는 싸울 수 있었어."

나도 모르게 수아 말에 괜한 질투심이 발동했다.

"치! 뻥치시네. 삼십육계 줄행랑이 특기 같던데. 그래도 용감한 건 인정!"

수아가 엄지를 세웠다.

우린 제법 오래된 친구 사이처럼 농담까지 하며 편의점으로 걸어갔다.

"나 다음 주에 진짜 전학 간다."

"어디로?"

"멀리. 산 넘고 바다 건너서."

"웃긴다. 산 넘고 바다 건너서라니?"

"사실, 우리 엄마 또 이혼했어. 세 번 결혼에 세 번 이혼이라니, 말이 되냐? 갈수록 결혼 유통 기한이 짧아진다. 쓰레기 같은 인간이랑 살고 싶지 않대."

"정말?"

난 무슨 말을 어떻게 해야 할지 몰라 정말이란 말로 확인했다.

"왜 우리 엄만 결혼에 신중하지 못할까? 무슨 자기가 할리우드 스타도 아니고 한심해 죽겠어. 우리 언니도 엄마 닮을까 봐 걱정이다. 나야 비혼주의자니까 걱정 없지만."

나는 수아가 하는 말을 듣기만 했다. 그렇다고 내 얘기를 꺼내고 싶진 않았다. 우리 부모나 수아네 부모나 저울에 올려놓고 누가 더 자식한테 상처를 입혔나를 따지면 막상막하일 거란 생각이 들었다.

"말로는 이번이 마지막이라는데, 모르겠다. 모든 것 정리하고 나랑 같이 엄마 고향 내려가서 살자고 하는 거 보면 진심인 거 같기도 하고."

"그렇구나. 전학 가서도 볼 수 있을까?"

"글쎄. 누가 그러더라. 인연이면 아무도 막을 수 없는 거라고."

"그렇담 나랑 약속 하나만 해 줄래?"

"약속? 내가 너랑 무슨 약속을 해?"

수아가 약간 어이없는 투로 말했다.

"다신 흉터 생기게 긁지 마. 그래봤자 너만 손해니까."

"누가 너한테 그런 걱정 하래? 보이는 상처보다 보이지 않는 상처가 더 깊은 거야. 바보야."

수아는 이번에도 그럴듯한 말을 남기고 휙 돌아서 가 버렸다. 마치 나를 빗대서 말하는 것 같아 뜨끔했다.

"냉정하긴!"

나는 수아가 고양이 킹콩을 닮았다는 생각이 들었다.

새벽까지 잠이 오질 않았다. 이것저것 혼란스러웠다. 침대에 누워 랩을 만들어 불렀다.

옛 친구를 만났어. 반가움보다 어색함이 더 컸어. 너의 변한 모습 받아들일 수가 없었어. 시간은 모든 걸 변화시키나 봐. 나도 변했겠지. 내가 꿈꾸던 세상은 이게 아닌데. 네가 원한 모습도 이게 아닐 텐데. 내가 너한테 뭐라고 하겠니. 나도 내 마음대로 안 되는데. 요!

엄마 찾아 삼만 리

아빠한테 또 맞았다. 아빠는 신발장 옆에 우산이 안 보이자 옷걸이로 때렸다. 피해의식에 찌든 분노 조절 장애 끝판왕이었다. 이유는 술 마시고 들어온 아빠를 노려봤다는 것이다. 무작정 뛰쳐나와 달렸다. 쓰레기봉투도 걷어차고 돌멩이도 걷어찼다.

학교를 그만두고 돈이나 벌까, 하는 생각이 들었다. 하지만 내 나이에 일할 만한 곳이 있을지 의문이었다. 먹여 주고 재워 준다면 무슨 일이든 할 수 있을 것 같았다. 아빠와 단둘이 사는 건 굶은 사자 우리에 던져진 생쥐나 다름없었다.

'엄마처럼 아무 말 없이 떠날 수만 있다면 얼마나 좋을까?'

아빠가 횟집을 차리기 전엔 엄마도 집에만 있진 않았다. 식당에도 나가고 마트에서 계산원 일도 했었다. 아빠가 횟집을 덥석 차린 것도 엄마를 믿는 구석이 컸다. 식당 일이건 계산원 일이건 엄마가 도움이 될 만했으니까.

달리다가 문득 엄마를 찾아야겠다는 생각이 들었다. 엄마가 일했던 마트와 식당을 찾아가면 엄마 소식을 알 수 있을 것 같았다. 못 찾으면 경찰서에 신고할 생각이다. 아빠는 제 발로 나간 사람은 가출이라 실종 신고를 해도 소용없다고 했지만 난 내 눈으로 엄마가 살아 있다는 것만이라도 확인하고 싶었다.

엄마는 부모 형제가 없다. 친한 친구가 몇 명 있다는 건 알지만 엄마 친구 연락처까지 알고 있는 자식이 세상에 몇 명이나 될까? 엄마는 집을 나가면서 핸드폰 번호도 바꿨다. 생각보다 치밀했다. 아빠랑 싸우고 즉흥적으로 나간 게 아니었다. 그렇다고 언제부터 나갈 준비를 했는지는 짐작할 수 없었다.

'아무리 살기 힘들어도 엄마는 엄마 자리를 지키고 있어야 하는 거잖아…….'

부모가 자식에 대한 기대치가 있듯 자식도 부모에 대한 기대치가 있다. 수아 엄마처럼 결혼과 이혼을 밥 먹듯이 해서 자식한테 상처를 줄 수도 있지만, 말없이 가출하는 것도 자식에겐 이혼

못지않은 상처다.

나라도 엄마를 찾아야겠다는 결심이 섰다. 일단 집안을 샅샅이 뒤져서 엄마에 대한 최대한의 정보를 캐내기로 했다. 이런 생각을 하면서 동네를 달리다 보니 열한 시가 넘어 집으로 들어갔다. 아빠는 그때까지 텔레비전을 보고 있었다.

"아빠, 용돈 좀 주세요."

나는 다짜고짜 요구했다. 자존심은 상했지만 빙빙 돌려 말하기도 싫었다.

"무슨 돈?"

아빠가 고개를 돌렸다.

"내일 견학 가는데 체험 학습비 내야 돼요."

"체험 학습이 소풍이냐?"

아빠는 옛날식으로 물었다.

"네."

"김밥을 싸 줘야 하는데, 싸 줄 사람도 없고……."

아빠는 뜬금없이 김밥 타령을 했다. 그러더니 지갑에서 지폐 몇 장을 꺼내 주었다. 화해의 구실로 삼는지 생각보다 많이 줬다.

"미안하다. 이걸로 사 먹어라."

처음으로 아빠가 나한테 미안하다는 말을 했다. 순전히 김밥 때문인 것 같았다.

"소풍 가서 먹는 김밥처럼 맛있는 게 없지. 나도 소풍 갈 때 어머니가 김밥 싸시면 옆에서 지켜보면서 잔뜩 먹었는데……. 정말 아무리 먹어도 질리지 않는 건 김밥뿐인 거 같다."

아빠는 말을 길게 이어 갔다. 나는 중간에 얘기를 자르지 못한 걸 후회하며 하품을 길게 했다. 다행히 아빠가 눈치챘는지 말을 끊었다.

"늦었는데 얼른 자라. 내일 날씨 좋다고 그러더라."

아빠가 엄마 대신 일기 예보를 말해 주자 기분이 이상했다.

"김밥 드실래요?"

"이 시간에?"

"아뇨. 내일 집에 올 때 사 올까 하고요?"

"아냐, 됐어. 입맛이 예전 같지 않아. 지금은 뭘 먹어도 맛이 없어."

아빠는 갑자기 노인처럼 대답했다.

난 그저 내일 저녁밥 대용으로 말한 건데, 아빠는 나에게 동정심을 바란 것 같았다.

요 며칠간 킹콩이 오지 않는다. 먹을 게 없으니 더 이상 우리 집에 올 이유가 없어진 모양이다. 난 킹콩을 위해 창틀에 먹다 남긴 음식을 올려놨다. 그러다 보면 어느새 먹고 갔는지 빈 그릇만 덩그러니 남아 있었다. 난 싹싹 비워진 빈 그릇을 보면 기분이 좋았다. 킹콩이 나를 잊지 않았다는 사실만으로 행복했다.

'엄마도 나를 잊은 건 아니겠지?'

엄마가 쓰던 물건을 일일이 뒤적거렸다. 서랍 속에서 엄마의 명찰이 나왔다. 마트에서 일할 때 쓰던 명찰이었다. 난 학교가 끝나고 곧바로 엄마가 전에 일했던 마트로 향했다. 엄마가 일할 땐 한 번도 찾아가지 않았지만 어딘지는 알고 있었다. 집에서 세 정거장 정도 떨어진 대로변에 있다. 버스를 타기엔 애매한 거리라 무작정 달렸다. 엄마도 그 당시 운동 삼아 걸어 다녔다.

마트에 도착하자 등과 이마에서 땀이 줄줄 흘러내렸다. 다행히 마트 안은 시원했다. 난 주변을 두리번거렸다. 금방이라도 엄마를 찾을 수 있을 것 같았다.

엄마처럼 계산대에서 일을 하는 직원에게 다가갔다. 하지만 계산 하려는 사람이 줄을 서서 대기하고 있어 쉽사리 끼어들 수가 없었다. 난 한참을 쭈뼛거리다 교환 환불하는 데스크 직원에게로 갔다.

"번호표 뽑으셨나요?"

내가 다가가자 데스크 직원은 번호표부터 확인했다.

"그런 게 아니고 ……. 혹시, 김순옥 씨 아세요? 전에 여기서 일했는데요."

"몰라. 여기서 일했던 사람이 어디 한둘이어야지."

데스크 직원은 대충 대답하고 물건을 교환하러 온 손님을 응대했다. 난 실망스러워 그대로 서 있었다. 그때 옆에 있던 직원이 나를 슬쩍 쳐다보더니 말을 붙였다.

"누구를 찾는다고?"

"김순옥 씨요. 저희 엄마가 전에 여기서 일했는데, 혹시 아시나 해서요."

엄마 또래로 보이는 직원은 내 얘기를 듣고 처음에 물어봤던 직원에게 속닥거렸다.

"며칠 전에도 김순옥 씨 찾는다고 어떤 아저씨가 다녀갔잖아? 시끄럽게 떠들어 대면서 말이야."

"아, 맞다!"

두 사람은 그제야 알겠다는 듯 인터폰으로 누군가를 불렀다.

잠시 후, 양복을 말끔히 차려입은 아저씨가 내게로 다가왔다.

"엄마 찾니?"

"네."

"며칠 전 아빠가 오셨을 때도 말했다시피 우린 아는 게 없어. 이력서에 기록된 연락처와 주소도 지금 너희 아빠가 알고 있는 그대로야. 만약에 다시 우리 마트에 일하러 오면 아들이 찾는다고 꼭 전할게. 알았지?"

남자 직원은 내 머리를 쓰다듬으며 어린아이 달래듯 말했다. 약간 불쾌했지만 불친절한 것보단 낫다고 생각했다.

한 가지 새로운 사실은 아빠도 그동안 엄마를 찾고 있었다는 것이다. 나한텐 시치미를 떼고 관심 없는 척했지만 속이 타고 있었던 게 분명했다. 그래서 한동안 술도 안 마셨던 모양이었다. 비록 얼마 가지 못해 또다시 술을 마시고 손찌검을 하긴 했지만.

난 아빠가 완전히 달라지기 전엔 엄마가 아빠 앞에 안 나타나길 바랐다. 괜히 어설프게 돌아와서 이전보다 상황이 더 악화될까 걱정됐다. 하지만 나한테만은 어디 있는지 알려 줬으면 싶었다. 정말 간절히 기도까지 했다.

내일은 엄마가 일했던 식당을 찾아볼 생각이다. 엄마를 찾아야겠다는 마음 하나로 모든 신경이 모아지자 새록새록 기억이 되살아났다. 정확한 위치는 모르지만 엄마가 다녔던 식당 이름은 확실히 기억하고 있다. 맛나 식당, 엄마에게 처음 들었을 때 정말 촌스러운 이름이라 생각했다. 이름만으로도 작고 오래된 식당일 거라는 느낌이 팍 들었다. 세련된 이름이거나 무슨 가든이라고 했다면 일부러 찾아가서 구경했을지도 모른다.

생각보다 쉽게 식당을 찾았다. 인터넷이 이렇게 고맙게 느껴지긴 처음이었다. 전국에 맛나 식당은 많았지만 은평구에 있는 맛나 식당은 딱 두 군데밖에 되지 않았다. 난 두 군데를 다 찾아가기로 마음먹고 토요일 아침 일찍 출발했다. 다행히 첫 번째 집에서 엄마 소식을 들을 수 있었다.

"엄마가 너희 아빠한테는 비밀로 하랬는데……. 이렇게 아들이 직접 찾아올 줄은 몰랐네."

"지금 어디 있는지 저한테만 알려 주세요. 네?"

"한 일 년 정도 참고 있으면 너한테 연락 올 거다."

"일 년요?"

"그동안 자리 잡고 너 데려갈 생각인 거 같더라."

식당 주인처럼 보이는 아줌마는 계산대에 앉아 부채질하며 말했다. 퉁퉁하게 살찌고 코 밑에 점이 도드라져 보였지만 포근한 인상이었다.

"그럼 혹시 바뀐 전화번호 아세요? 제발 좀 알려 주세요."

"그건 안 돼. 그랬다간 금방 너희 아빠가 알게 될 거고."

"절대 안 가르쳐 줄게요. 제발요. 네?"

"너희 엄마 말대로 조금만 참고 기다려. 여기 전화번호는 알지? 궁금하면 나중에 이리로 전화하고. 내가 소식 듣는 대로 알려 줄 테니."

"네……."

어른들의 세계는 정말 냉정했다. 절대, 제발이란 말을 쓰며 간절히 부탁해도 소용없었다. 난 기운이 빠져 그대로 주저앉고 싶었다.

그때 주방에 있던 아줌마가 내게로 다가왔다.

"언니, 아가 삐쩍 꼴았네. 뭐 좀 믹여 보내야것다."

"그래. 엄마 찾느라 밥도 못 먹은 거 같은데 밥부터 먹어라."

아줌마는 나를 토닥이며 말했다. 그리고 주방에 대고 큰 소리로 말했다.

"여기 밥 좀 내와!"

잠시 후, 밥과 반찬을 쟁반 가득 채워 들고 주방 아줌마가 내게로 왔다. 제육볶음과 미역국이 눈과 코를 자극했다. 군침이 돌았다. 딸려온 갖가지 나물도 먹음직스러워 보였다.

　나는 잘 차려진 밥상을 보자마자 정신없이 먹었다. 마치 엄마가 차려 준 밥상 같았다. 입에 꼭 맞는 음식이 들어가자 엄마 생각도 잠시 잊었다. 내가 밥 한 그릇을 뚝딱 먹어 치우자 아줌마가 금세 또 한 그릇을 내왔다.

　"더 먹어라. 우리 집이 밥집으론 최고일 거야."

　"감사합니다."

　난 또 먹었다. 볼이 미어터지도록 밥을 쑤셔 넣었다. 갑자기 눈물이 미역국에 뚝 떨어졌다. 엄마가 생일날 끓여 준 미역국 맛과 똑같아서 더 이상 속마음을 숨길 수가 없었다. 하지만 상관 않고 먹었다. 오랫동안 이 맛을 기억하고 싶어 마구 떠먹었다.

　"그래. 엄마 기다리려면 기운이 있어야지. 천천히 꼭꼭 씹어 먹어라."

　주인아줌마가 연속 부채질을 하며 말했다. 그런데 이상하게 그 말이 "너는 엄마도 없는데 밥이 넘어가니?" 하는 소리로 들렸다. 내가 주춤하자 아줌마가 한마디 덧붙였다.

"쯧쯧! 한창 먹을 나인데, 엄마가 밥도 안 챙겨 주고. 배고프면 언제라도 와라. 아줌마가 밥은 그냥 줄 테니까."

아줌마는 내 마음을 훤히 들여다보는 것처럼 말했다.

원양 어선

아빠에겐 감성 세포가 모두 멸종된 건지, 아들 걱정 따윈 안중에도 없었다. 내가 쌀과 부식만 있으면 살 수 있을 거라 믿는 것 같았다. 오늘은 죽기 살기로 덤빌 생각이다. 때리면 맞고 이 집을 나가면 그만이다. 나는 단단히 마음먹고 아빠를 기다렸다. 다행히 아빠는 평소보다 일찍 들어왔다. 술도 마시지 않았다. 나는 마음을 가다듬고 아빠가 씻고 나올 때까지 기다렸다. 잠시 뒤 아빠가 화장실에서 발을 닦으며 나왔다.

"가온아, 앉아 봐라. 할 얘기가 있다."

아빠가 우두커니 서 있는 나를 보고 먼저 선수 쳤다. 그러더니 내가 따지기도 전에 폭탄선언을 했다.

"아빠 곧 원양 어선 탄다. 당분간 집에 들어오기 힘들 거야."

아빠는 목소리를 깔고 다른 때와 달리 아주 차분하게 말했다.

"가게는 어쩌고요? 갑자기 무슨 원양 어선이에요?"

"몇 달 전부터 월세도 못 내서 보증금까지 다 날렸다. 사실 얼마 전에 문 닫았다."

아빠는 아주 담담하게 말했다.

"정말요? 그럼 그동안 가게는 왜 나간 거예요?"

"이것저것 정리할 게 많았어. 할 일도 알아보고……. 아빠 없어도 밥 잘 챙겨 먹고 학교 잘 다니고 있어야 한다."

'언제부터 아빠가 내 끼니 걱정을 했다고? 학교를 다니는지 안 다니는지도 관심 없었으면서.'

나는 마구 따지고 싶은 마음이 솟구쳐 올랐다. 하지만 아빠까지 떠난다는 말에 그 어떤 얘기도 할 수 없었다.

'결국 아빠까지 나를 버릴 속셈이었다니…….'

어차피 내가 떠나든 아빠가 떠나든 가족이 뿔뿔이 흩어지는 건 마찬가지였다. 하지만 원양 어선이란 말은 너무도 낯설었다.

"원양 어선이라면 멀리 배 타고 나가서 물고기 잡는 거잖아요?"

"그래. 참치잡이 배를 타려고 해."

"그럼 엄마도 없는데 아빠까지 가면 나 혼자 살라는 거예요?"

"사내놈이 잠깐 혼자 있는 거 가지고 뭘 그래?"

아빠가 다시 억세게 말하자 나도 물러설 수 없었다.

"언제 돌아올 건데요?"

"글쎄. 확답을 못 하겠다."

"지금 집에 필요한 게 한두 가지인 줄 아세요?"

"뭐가 그렇게 많이 필요해?"

나는 말이 나온 김에 필요한 것들을 줄줄이 열거했다.

"더워 죽겠어요. 가기 전에 선풍기 좀 고쳐 주고 창문도 새로 끼워 줘요."

난 모가지가 덜렁거리는 선풍기와 깨진 창문을 번갈아 보며 말했다.

"그래 알았다."

아빠는 웬일로 순순히 대답했다.

"그리고 밥은 내가 해 먹을 수 있지만 반찬 살 돈은 줘야 할 거 아녜요?"

난 도전적으로 말했다. 아빠까지 떠나고 나 혼자 남게 된다는 사실에 분노를 느꼈다.

"짜식! 설마 굶어 죽겠냐? 이거 받아라."

아빠는 주머니에서 두둑한 돈 봉투를 툭 꺼냈다.

"엄마나 아빠나 둘 다 언제 올지 모르면 난 고아나 마찬가지네요, 뭐!"

난 투덜거리다 훌쩍거렸다.

"사내놈이 약해 빠져서는. 선풍기도 사고 유리 가게도 들렀다오마."

아빠는 내가 눈물 흘리는 게 못마땅한지 곧바로 일어섰다. 솔직히 의식주만 해결되면 아빠는 있어도 그만, 없어도 그만인 사람이었다. 하지만 문득 도둑이 들어오면 어쩌지? 내가 아프거나 생활비가 다 떨어질 때까지 엄마 아빠가 안 돌아오면 어떻게 되는 걸까, 하는 걱정거리가 한꺼번에 휘몰아쳤다.

약속대로 아빠는 저녁에 선풍기를 사다 놓고, 다음 날 유리 가게 아저씨를 불러 창문 유리도 새로 끼웠다. 속이 후련했다. 하지만 한편으론 아빠의 달라진 모습이 나를 불안하게 만들었다.

"아빠, 오래 걸릴 거 같으면 미리 말해 주세요. 한 달 정도는 괜찮지만 그 이상은 자신 없어요."

"내가 없어야 엄마가 하루라도 빨리 돌아올 거야."

"아빤 엄마가 어디 있는지 아는 거예요?"

"몰라. 하지만 자식을 버릴 만큼 모진 사람이 아니란 건 알지. 아마 너를 숨어서 지켜보고 있을지도 모른다."

난 아빠 말을 듣고 머리가 쭈뼛 섰다. 아빠는 엄마가 돌아오길 바라고 일부러 피해 주는 것 같았다.

3일 후, 아빠는 정말 원양 어선을 타러 갔다. 검은색 가방 하나만 달랑 메고 조용히 떠났다. 이른 아침, 아빠가 떠나면서 처음으로 악수를 청했다. 아빠의 거친 손길이 내 손아귀에 닿자 기분이 묘했다. 아빠 손을 언제 마지막으로 잡았었는지 기억이 나지 않았다.

"잘 있어라."

아주 짧은 인사였다.

난 손님을 배웅하는 것처럼 고개를 숙여 인사했다.

"안녕히 가세요."

왜 다녀오세요, 라고 말하지 않았는지 모르겠다.

모두 나를 떠나. 모두 나를 싫어해. 사람들은 왜 내게서 멀어질까?

나도 알아, 인생은 어차피 혼자 가야 한다는 걸. 하지만 지금은 아니잖아. 자존심이 상해 속마음을 드러내지 못하지만 두렵고 떨려, 자신이 없어. 이럴 땐 내가 나인 게 정말 싫어. 사람들은 나를 너무 모르는 것 같아.

안절부절못하다 한동안 쓰지 않았던 랩 가사를 적었다. 연습장에 빼곡히 들어찬 노랫말을 앞장부터 넘기며 읽자 대부분 하소연과 원망의 소리였다. 이 짓도 그만해야겠다는 생각이 들었다. 안방만 비워진 게 아니었다. 내 머릿속도 텅 빈 것 같았다. 허전한 마음을 달래려 편의점으로 갔다.

컵라면을 먹는데 수아 생각이 났다. 이사를 안 갔다면 편의점에서 한 번쯤 만날 수도 있었을 텐데. 마음은 지금 당장 날 보러 왔으면 싶었다. 그러면 밤을 새워 수아와 얘기를 나누고 억울한 게 있으면 함께 화를 내고 수아는 내 편을 들어주고 난 수아 편을 들어주고 싶었다.

내가 혼자 있는 걸 아는지 밤에 고양이 소리가 유난히 요란스러웠다. 혹시 킹콩이 찾아왔나 싶어 창문을 열고 밖을 내다봤다. 유리를 새로 끼워 킹콩이 다른 집으로 착각할 수도 있겠다는 생각이 들었다.

앞집 담장을 유유히 걸어가는 고양이는 아무리 봐도 킹콩이 아니었다. 검은 고양이가 가로등 아래 있는 점박이 고양이와 한판 붙으려다 창문 여는 소리에 놀라 야광 레이저를 쏘고 담장 너머로 사라졌다.

"킹콩! 킹콩, 어딨니?"

난 킹콩을 불렀다. 킹콩은 창문 유리 때문에 우리 집에 왔다가 돌아갔을 지도 모른다. 나 혼자 있게 될 줄 알았다면 저번에 만났을 때 같이 살자고 했을 것이다. 키울 자신은 없지만 우리 집이 보금자리가 되어 준다면 킹콩에게도 나쁘지 않을 것 같았다.

당장 오늘 밤이 문제였다. 밤에 혼자 자는 일이 무서울 거라고는 예상치 못했다. 아무리 싫은 아빠라도 한집에서 같이 자는 게 안심이 됐었던 것 같다. 아빠가 막상 떠나고 없자 빈자리가 엄마보다 더 컸다. 내가 그토록 원했던 가출도 무의미하게 느껴졌다.

아빠한테 받은 돈을 엄마처럼 라면 봉지 밑에 넣어 두기로 했다. 나도 엄마가 놔둔 돈을 한참 후에 발견했으니까 도둑이 들어도 찾지 못할 것 같았다. 일단 라면을 본 김에 끓여 먹기로 했다.

"헉! 이건 뭐지?"

라면 봉지 속에 수첩 같은 게 있었다. 확인해 보니 은행 통장과 도장이었다. 속에는 천삼백만 원이 넘는 숫자가 찍혀 있었고 작은 메모지에 비밀번호가 적혀 있었다. 1014. 내 생일이었다. 그렇다면 이전에 엄마가 두고 간 줄 알았던 돈이 아빠가 놔둔 거였나? 혼란스러웠다. 또다시 이렇게 큰돈을 놓고 가다니, 왜 그랬을까? 도저히 이해할 수가 없었다.

오늘은 텔레비전을 켜 놓고 잘 생각이다. 불도 끄지 않을 것이다. 하지만 이도 저도 나를 잠들게 하진 못했다. 뒤척이다 시계를 보고 또 뒤척이다 화장실을 갔다. 새벽녘에 간신이 잠들었는데 고양이 울음소리에 또다시 깼다.

난 벌떡 일어나 창문을 활짝 열었다. 그때 우리 집 담장에서 내 얼굴을 말똥말똥 쳐다보는 건 킹콩이었다.

"킹콩!"

난 너무 반가워 소리라도 지르고 싶었다.

"킹콩 이리 들어와."

킹콩에게 손을 내밀었다. 하지만 킹콩은 꼼짝하지 않았다. 마치 고양이 인형처럼.

"엄마 아빠 돌아올 때까지 나랑 같이 살자. 응?"

나도 모르게 킹콩에게 간절히 부탁하고 있었다. 킹콩은 그런 나를 한참 동안 바라보더니 휙 돌아서 가 버렸다.

'인정머리 없긴!'

다음 날도 잠이 안 왔다. 난 고양이 소리를 내며 킹콩을 불렀다. 다행히 킹콩이 근처에 머물고 있었는지 담장 위로 올라왔다. 난 밖으로 뛰어나갔다. 킹콩은 마치 나를 기다렸다는 듯 얌전히 있었다.

"밤에만 같이 있어 줘. 아침에 보내 줄게."

킹콩을 안아 집 안으로 데려왔다.

야오옹!

킹콩은 그새 부쩍 커 있었다. 며칠 만에 살이 오동통 올라 어른 고양이를 안는 느낌이었다. 난 현관문을 단단히 잠그고 킹콩을 내려놨다. 킹콩은 어슬렁어슬렁 집 안 여기저기를 살폈다. 킹콩에게 줄 것이 있는지 냉장고를 열어 봤지만 마땅한 게 없었다.

"이거라도 먹을래?"

엄마가 냉동실에 넣어 둔 마른 멸치를 꺼내 접시에 담아 줬다. 멸치볶음은 엄마가 자주 하는 요리 중 하나였는데, 엄마가 떠난 이후 한 번도 해 먹지 못했다. 아니, 아빠나 나나 할 줄 몰랐다.

다행히 킹콩은 멸치를 잘 먹었다. 킹콩과 내 방으로 들어가 함께 이불을 덮고 누웠다. 킹콩이 답답한지 이불 위로 올라갔다. 난 곧 깊은 잠에 빠져들었다.

아침에 깨어 보니 킹콩은 현관 신발장 위에 올라가 있었다. 그곳은 엄마의 양우산이 있던 자리다.

"답답하지?"

나는 킹콩에게 현관문을 열어 줬다.

노란 리본

아빠가 떠났다. 진짜 세상을 떠났다. 나에게 전화로 처음 비보를 전한 아저씨는 아주 침착하게 말했다.

"명태수 씨 댁이죠?"

"네. 지금 집에 안 계신데요."

"명태수 씨가 탄 배가 폭풍으로 난파돼서 실종되셨습니다. 관계가 어떻게 되시나요?"

"아…… 아들인데요."

"뭐라 위로의 말씀을 드려야 할지 모르겠습니다. 다시 경과보고 드릴 때까지 기다려 주십시오. 그럼."

아저씨는 내가 아들임을 확인하고 짧은 위로의 말을 남겼다.

난 무슨 말을 하는지 이해되지 않아 듣고만 있었다. 아빠 이름을 묻고 실종 어쩌고 하는 것만 귓전에 맴돌았다. 전화가 끊기고 '뚜 뚜뚜' 기계음이 들리자 그제야 정신이 들었다.

"오스트랄로피테쿠스…… 네안데르탈인…… 호모 사피엔 스……."

난 전화기를 내려놓고 중얼거렸다. 숨이 막혀 아무 말이나 해 야 했다. 모든 게 거짓말 같았다. 아빠가 실종되다니, 믿을 수가 없었다.

밖으로 뛰쳐나가 하늘을 올려다봤다. 구름 사이로 아빠가 내려 다보는 것 같았다. 무서웠다. 아빠가 영혼이 되어 나를 쳐다보고 있는 느낌이었다.

'난 어쩌라고…….'

내가 뭘 어떻게 해야 하는 건지 몰랐다. 왜 나한테만 이런 일이 생기는 건지 이해할 수 없었다. 때마침 골목에 킹콩이 어슬렁거 리고 있었다. 킹콩에게 다가가자 킹콩이 내 얼굴을 빤히 올려다 봤다. 난 킹콩을 안고 집 안으로 들어갔다. 킹콩을 계속 끌어안고 있자 킹콩이 벗어나려고 발버둥을 쳤다. 난 그제야 정신이 좀 들 었다.

맛나 식당에 전화를 걸었다. 주인아줌마가 전화를 받았는데 무슨 말을 어떻게 꺼내야 할지 몰랐다.

"제발 엄마 좀……."

"가온이니? 순옥이 아들, 가온이 맞지?"

"네. 끅끅 끅!"

아무리 참으려 해도 서글픈 감정이 한꺼번에 폭포수처럼 쏟아졌다. 수화기를 붙들고 한참 동안 꺼이꺼이 울다 간신히 말했다.

"아빠가 실종됐대요. 흑흑!"

"뭐? 실종? 어휴! 이게 무슨 일이라니? 일단 엄마한테 얘기하마."

난 좀체 눈물이 그치질 않았다. 하지만 마냥 울고 있을 수만은 없었다. 전화를 끊고 또다시 전화를 걸었다. 연락할 만한 데가 고모밖에 없었다. 고모는 내 얘기를 듣고 흥분된 목소리로 어찌할 바를 몰라 했다.

"뭐? 일단 고모가 좀 알아봐야겠다. 도대체 어떻게 된 건지. 가온아, 마음 가라앉히고 있어. 알았지?"

몇 시간 후, 고모와 고모부가 찾아왔고 함께 경찰서로 갔다. 경찰서에서는 해양 경찰서로 연락했고 아빠가 사라진 바닷가를 찾아가려면 차로 4시간 이상 걸린다고 했다. 나중에 알게 됐지만 아빠는 원양 어선 참치잡이 배를 탄 게 아니라 작은 조기잡이 배를 탄 거였다.

다음 날 난 어딘지 모를 남해의 넓은 바다를 보며 멍하게 서 있었다. 고모가 그만 가자고 할 때 또다시 바다를 보며 서럽게 울었다. 모든 게 비현실적으로 다가오고 사는 게 버거웠다. 집 나간 엄마한테도 미안하고 갑작스럽게 돌아가신 아빠에게도 미안한 마음이 들었다. 모든 게 나 때문인 것 같고, 이 세상에 잘못 태어났다는 생각이 자꾸만 들었다. 나는 가방에 달린 노란 리본을 아빠를 삼킨 바다에 던졌다.

집에서건 학교에서건 머릿속에서 아빠가 떠나질 않았다. 담임한텐 아빠가 돌아가셨다고 알렸지만, 반 아이들한테는 말하지 말라고 당부했다. 아빠 없는 아이라는 소리를 듣고 싶지 않았다. 엄마가 집을 나간 것도 자존심 상하는 일인데 아빠까지 없다는 건 내가 생각해도 참기 어려운 비극이었다. 그렇다고 내 비극이 다른 아이들한테 약점이 되고 싶진 않았다.

고모가 고모 집으로 같이 가자고 했지만 싫다고 했다. 엄마가 있으니 고아도 아니고 어차피 혼자 지내는 일에 익숙해서 별문제 없이 살 수 있다고 했다.

"네 엄마는 남편 죽은 것도 모르고 지금 어디서 뭘 하고 있는 건지 모르겠다. 애도 버려 두고. 어린 게 뭔 죄가 있어서 사는 게 이렇게 팍팍한지. 나 원 참!"

고모는 진심으로 나를 위로하려 애썼다. 내 앞에서는 우는 모습을 보이진 않았지만 고모 눈은 이미 벌겋게 부어 있었고 가슴팍에는 눈물 자국이 채 마르지 않았다.

"아무렴 내가 너 하나 못 거두겠니."

"암!"

고모부도 옆에서 거들었다.

고모는 가게에 들러 이것저것 사서 반찬을 몇 가지 만들어 밥을 차려 주었다. 그리고 두 사람은 내가 밥 먹는 걸 확인하고 늦은 저녁이 돼서야 돌아갔다.

고모네가 형편이 좀 괜찮았으면 따라나섰을까? 아니다. 화장기 없는 얼굴과 늘어난 티셔츠를 입고 찾아온 고모를 보면 고모가 어떻게 생활하는지 금세 알 수 있을 정도다. 나까지 짐이 될 수는 없었다.

예전에 엄마와 고모네 집을 방문한 적이 있는데 그때도 정말 형편없이 살고 있었다. 콩나물을 넣고 끓인 김칫국과 달걀프라이로 저녁상을 차려 준 게 고작이었는데 식구들이 며칠 굶은 것처럼 하도 맛있게 먹어서 나도 덩달아 정신없이 먹었다.

밤늦게 들어온 고모부는 대형 트럭 운전을 하는데 좁은 방 안에 땀 냄새가 진동했다. 더운 여름날 열대야까지 가세해서 빌라 꼭대기 층 고모네 집은 모든 열기를 총동원해서 우리를 찜닭으로 만들어 버릴 기세였다.

고모 내외와 두 아들, 엄마와 나를 포함 총 여섯 명은 선풍기한 대에 의지해 엄마가 사 온 수박을 먹으며 얘기를 나눴다. 냉장고에서 꺼낸 수박이 아니라 시원하진 않았지만 그나마 갈증을 조금 해소시켜 주었다.

고모부는 생김새가 투박해서 그렇지 아빠처럼 괴팍스럽진 않았다. 웃을 때도 큰 소리로 호탕하게 웃고 두 사촌 형들에게도 부드러운 미소를 지으며 칭찬을 아끼지 않았다.

"제가 이 녀석들 보면 살맛이 난다니까요. 부모 탓 안 하고 지들이 공부를 저렇게 열심히 하니 그보다 좋은 일이 어디 있겠습니까? 담임선생님이 서울대는 문제없답니다. 하하하!"

"키운 보람 있으시겠어요. 호호호."

엄마도 억지로 입꼬리를 올려서 웃었다.

"힘 있을 때 두 아이 대학 등록금 모아둬야죠."

고모부는 대형 트럭 운전을 시작한 지 얼마 안 됐지만 전에 했던 택배 일보다 돈벌이가 훨씬 낫다고 했다. 그 당시 아빠는 회사를 그만두고 놀고 있었는데 엄마가 고모네를 찾아간 이유도 그 때문인 것 같았다. 고모부 하는 일을 아빠에게 소개해 줬으면 하고 바라는 눈치였다. 얼핏 듣기로 고모부도 간신히 그 자리를 뚫고 들어갔다고 했다.

고모나 고모부나 오로지 자식들 키우는 낙으로 사는 사람들처럼 보였다. 고모는 고모 자식들이 외삼촌, 그러니까 우리 아빠를 닮아서 공부를 잘하는 거라며 은근히 자리에도 없는 아빠를 치켜세우기까지 했다.

"이이나 나나 공부는 담쌓고 산 사람들인데 애들이 오빠를 닮아서 공부를 잘하는 거 같아요. 오빠가 어릴 적엔 전교 일등을 도맡아 하며 천재 소리 들었거든요."

믿을 수 없는 얘기가 고모 입에서 흘러나왔다.

"그럼 뭐해요? 지금 주식으로 말아먹고 놀고 있는데……"

엄마는 고모 말에 시큰둥하게 응하더니 고개를 돌려 다른 곳을 쳐다봤다.

"그러게 말이에요. 어쩌다 좋은 머리를 그런 일에 썼을까……."

고모는 옆에 있는 나를 슬쩍 보더니 애꿎은 장판을 손가락으로 긁었다.

"우리 가온이는 아빠 닮아 공부 잘하지?"

"그냥 보통요."

나는 고모의 갑작스러운 질문에 대충 얼버무렸다.

고모 집을 나설 때 고모부는 내 머리를 쓰다듬으며 만 원짜리 한 장을 쥐여 주었다. 돈에 고모부 땀이 배어 있어 눅눅했다.

버스를 기다리는 동안 멍하게 서 있는 엄마에게 내가 말을 시켰다.

"고모는 결혼을 얼마나 일찍 했기에 형들이 고등학생이야?"

"잘은 모르지만 고모랑 고모부는 고등학교 졸업하자마자 결혼했대. 두 분이 학창 시절부터 엄청 좋아했나 봐."

엄마는 결혼 전에 아빠한테 들은 얘기라며 짧게 얘기해 줬다.

맛나 식당에 전화한 지 사흘이 지났다. 지금쯤 엄마도 아빠 소식을 들었겠지? 조용한 집에 밤마다 경찰서에서 전화 오고 그다음엔 보험 회사에서 전화가 왔다. 경찰서와 보험 회사는 내가 명태수와 김순옥의 아들임을 반복해서 확인하고 또 확인했다. 하지만 엄마의 전화는 오지 않았다.

4부

다시 한번
해피엔딩

잃어버린 우산

　모처럼 비가 내렸다. 장롱에 모아둔 우산을 꺼내 신발장 위에 쌓아 놨다. 이제 우산을 꺼내봐도 눈치 볼 일도 그걸로 맞을 일도 없었다. 난 우산 하나를 골라 쓰고 학교로 향했다. 걸으면서 사람들이 쓰고 다니는 우산을 유심히 봤다. 사람들은 우산을 의지해 비를 조금이라도 덜 맞으려고 움츠리고 걸었다. 평소엔 거들떠도 안 보다 비만 오면 가장 소중한 물건이 되는 게 우산의 운명인 것 같았다.

　건널목에서 신호등을 보고 있는데 누군가 내게로 다가왔다. 대학생처럼 보이는 형이었다.

　"저⋯⋯. 혹시, 쓰고 있는 그 우산 어디서 주웠니?"

형은 내가 들고 있는 우산을 가리키며 조심스럽게 물었다.

"아뇨. 제 건데요."

"그렇구나. 내 우산이랑 너무나 똑같아서. 내가 스웨덴 배낭여행 중에 산 거라 흔한 게 아니거든."

"스웨덴이요?"

"괜찮으면 한 번 볼 수 있을까? 내가 저번에 편의점에서 잃어버렸는데 금방 확인할 수 있거든."

형은 적극적으로 내 우산을 보려 했다. 난 불안해서 우물쭈물했다. 그때 신호등에 파란불이 켜졌다.

"내 거 맞아요!"

난 큰 소리로 말하고 냅다 달렸다. 쫓아올까 봐 뒤도 돌아보지 않았다.

학교에 도착해서 빗물을 털어 내고 우산을 자세히 보자 안쪽에 메이드 인 스웨덴이라고 쓰여 있었다.

"쳇! 멀리서도 왔네."

내가 쓴 우산이 자기 거라는 걸 금방 알아챌 정도면 우산을 소중히 여기는 사람이란 생각이 들었다. 그리고 그 형이 같은 동네 사람이면 언제라도 다시 맞닥뜨릴 수도 있을 것 같았다. 난 수업이 끝나고 그 우산을 교실에 두고 나왔다. 편의점에 도로 갖다 놓고 싶었지만 도저히 그럴 용기가 나지 않았다. 문제는 집에 갈 때 쓰고 갈 우산이 없다는 것이었다.

"젠장······."

비 맞을 각오를 하고 교실을 나왔다. 아침보다 빗줄기가 약해지긴 했지만 하늘을 보니 먹구름이 잔뜩 끼어 쉽사리 그칠 것 같지 않았다.

다행히 명환이 녀석이 오늘 학원 안 가는 날이라고 집까지 바래다주겠다고 했다.

"편의점까지만 바래다줘. 거기서 비닐우산 사면 되니까."

"알았어. 우리 편의점 간 김에 컵라면이나 한 그릇 때리고 가자. 비 올 땐 컵라면이 최고잖아?"

"알았어."

난 어차피 집에 가 봐야 먹을 것도 마땅찮았는데 잘됐다 싶었다.

명환이와 나는 어깨를 딱 붙이고 우산 하나에 의지해 운동장을 가로질러 교문 쪽으로 걸어갔다. 그런데 교문 앞에 눈에 익은 사람이 우산을 들고 서 있었다. 엄마였다. 난 못 본 체 앞만 보고 빠르게 걸어갔다. 이젠 엄마 같은 건 필요 없다. 우산도 필요 없다. 오늘은 어쩔 수 없이 우산을 교실에 놓고 왔지만 남아도는 우산을 처치하기 힘들 정도라고 말해 주고 싶었다. 나도 모르게 명환이보다 훨씬 앞서 걸었는지 명환이가 뒤에서 불렀다.

"가온아! 혼자 가면 어떡해!"

난 깜짝 놀라 뒤를 돌아봤다. 명환이가 우산을 쓰고 헐레벌떡 뛰어오고 있었다.

"너 갑자기 왜 그래? 똥 마렵냐?"

"아냐. 오늘은 내가 바쁘니까 먼저 갈게."

명환이는 갑작스러운 내 변덕에 미간을 찌푸렸다.

"웃긴 새끼! 같이 컵라면 먹기로 한 거 잊었냐?"

"미안. 내가 다음에 사 줄게."

"됐다!"

명환이는 기분이 나쁜지 성질을 부리며 가 버렸다.

난 비를 맞으며 빠른 걸음으로 집을 향해 갔다. 한참 가다 뒤돌아보니 엄마가 보이지 않았다. 내가 헛것을 본 건가 하는 생각까지 들었다. 확인하기 위해 동네 언덕배기에서 한참을 비를 맞고 서 있었다. 그때였다. 엄마가 우산을 쓰고 천천히 걸어오고 있었다. 한쪽 손엔 우산 하나가 더 들려 있었다.

"가! 가 버려! 차라리 아빠처럼 영영 나타나지 마!"

난 엄마와 눈이 마주치자 목이 터져라 소리 질렀다. 이제 와서 우산 하나 건네받고 전부 없었던 일로 할 순 없었다. 엄마는 조용히 다가와 나를 안았다. 난 고개를 돌려 외면했지만 엄마의 손길을 뿌리칠 순 없었다. 엄마가 들고 있던 우산이 땅에 떨어졌다. 빗물인지 엄마의 눈물인지 알 수 없을 정도로 내 어깨가 흠뻑 젖어 들었다.

엄마와 함께 집에 들어갔다. 엄마는 이미 짐가방을 들여놓은 상태였다.

"왜 말도 안 하고 갔어? 적어도 나한텐 말하고 갔어야지!"

"미안하다. 도저히 참을 수가 없어서 그랬어."

엄마가 자세히 말하지 않아도 대충 어떤 일이 벌어졌을 지 상상이 됐다.

"이젠 미워할 사람이 없으니 버틸 힘도 없어진 것 같다."

난 엄마 말이 이해가 되지 않았다. 미운 아빠가 엄마 인생에 버팀목이 됐었다는 말처럼 들렸다.

"가온아, 하늘나라는 이보다 편하겠지?"

"아무리 아빠가 미워도 아빠가 실종됐다는데 어떻게 와 보지도 않을 수 있어?"

"식당 아줌마한테 네 얘기를 이틀이나 지나서 들었어. 엄마가 일하다 핸드폰을 물에 빠뜨려서 고장이 났거든. 엄마도 해양 경찰서에 알아보고 남해도 다녀왔는데 시신 찾기가 어려울 거 같다더구나."

"나는 아빠가 좋아서 같이 산 줄 알아?"

"정말 미안하다. 엄마가 집에 있었으면 아빠가 그런 곳에 가지 않았을 텐데."

"아빠도 엄마가 빨리 돌아왔으면 하고 피해 준 것 같았어."

"엄마가 더 참고 살았어야 했을까?"

"아무리 돌아가셨대도 우리를 때린 건 아빠가 잘못한 거야. 그렇다고 무책임하게 집을 나간 엄마도 잘했다는 건 아냐."

나는 내 생각을 분명하게 말했다. 아무리 부모라도 잘잘못은 따져야 했다. 부모만 자식한테 따지라는 법은 없으니까.

"네 말이 맞다. 아빠도 그동안 많이 힘들고 아팠나 봐. 보험 회사에서 진단금 찾아가라고 전화 왔더라."

"진단금? 그게 뭔데?"

"아빠가 간암이란 걸 알고 배를 탄 거 같아. 어차피 병원에서 고치기 힘들다고 했대."

"뭐?"

난 갑자기 울컥했다. 아빠가 살아온 날들이 일순간 너무 허무하게 느껴졌다.

"나를 찾고 다녔나 본데 내가 만나 주질 않았어. 이럴 줄 알았으면 얼굴이나 한번 볼걸."

엄마가 말을 잇기 힘들어했다.

"난 아직도 아빠를 이해할 수 없어. 왜 식구한테 솔직하게 말하지 않은 거야. 엄마 없을 때 내가 얼마나 힘들었는 줄 알아?"

"네 걱정을 많이 한 모양이더라. 갑자기 쓰러지기라도 하면 널 돌봐 줄 사람도 없고. 그래서 내가 돌아오길 바라고 배를 탄 것 같아……."

엄마도 나처럼 자신을 원망하는 눈치였다.

"걱정한 사람이 때려? 죽으면 모든 게 용서되는 거냐고?"

"용서는 네가 용서할 마음이 생기면 해야지. 엄마도 마찬가지고. 하지만 이건 알고 있어야 해. 아빠는 몸도 마음도 많이 아팠던 거야."

나는 엄마 말을 듣고 엄마나 나나 아빠에 대한 마음을 정리하려면 시간이 필요하겠다는 생각이 들었다.

"가온아, 비도 그친 거 같은데 우리 나가서 맛있는 거 먹을까?"

나는 고개를 끄덕였다. 엄마가 나와 기분 전환을 하고 싶어 하는 것 같았다.

"뭐 먹고 싶니? 우리 가온이 참치 초밥 좋아하지?"

난 참치라는 말에 아빠 생각이 나서 말을 돌렸다.

"엄마가 일했던 맛나 식당 정말 맛있던데."

"그럼 거기로 갈까? 그런데 무슨 우산이 저렇게 많니?"

엄마가 신발장 위에 놓인 우산들을 보고 물었다.

"그냥. 취미로 모았어."

"취미? 별일이다."

엄마는 이상하다는 듯 우산 몇 개를 들춰 봤다.

난 얼른 화제를 바꿔 고양이 얘기를 꺼냈다.

"엄마, 나 고양이 키워. 내가 킹콩이라고 이름까지 지어 줬어. 저녁때 내가 보여 줄게. 그 녀석이 우리 집에 먼저 들어왔어. 아빠가 리모컨으로 창문을 깼거든."

난 엄마와 골목을 걸어 나오며 그동안 있었던 일을 주절주절

늘어났다. 전엔 엄마한테 이렇게 많은 말을 하고 싶지 않았는데, 엄마를 다시 만나고는 무슨 얘기든 하고 싶었다. 몇 달 동안 나도 많이 변했다는 생각이 들었다.

맛나 식당에 들어서자 주인아주머니가 어서 오라며 호들갑스러울 정도로 반겨 주었다. 식사도 주인아줌마와 함께했다. 우린 밥을 먹으며 이런저런 얘기를 나눴다.

"아들이 엄마 찾겠다고 왔는데 말도 못 해 주고 짠해서 죽는 줄 알았다. 다신 애 버리고 나올 생각 마라. 알았지?"

아줌마는 엄마에게 신신당부했다. 엄마는 그 말을 듣고 슬쩍 눈물을 훔쳤다.

"내가 오죽하면 그렇게 독한 맘을 먹었겠어요."

"내가 그걸 왜 모르겠어. 하지만 고래 싸움에 새우 등 터진다고 그러면 애만 불쌍하게 되는 거야."

아줌마는 엄마를 토닥이며 말했다.

엄마는 그동안 생각보다 멀지 않은 곳에 있었다. 동네 도서관에 딸린 작은 카페에서 일하고 있었다. 내가 도서관에 들렀으면 우연히 엄마를 만났을지도 모르는 일이었다.

"가끔 집에 들르기도 했어. 너 학교 가고 없을 때."

"정말?"

아빠 말대로 엄마는 멀지 않은 곳에서 나를 지켜보고 있었다. 지금 생각해 보니 가끔 청소도 돼 있었고 식탁에 못 보던 밑반찬도 있었다. 난 아빠가 가게 반찬을 갖다 놓은 줄 알았는데 엄마가 해놓고 간 것이었다.

집에 돌아와 나는 라면 봉지 속에 넣어둔 통장과 생활비로 쓰고 남은 돈을 엄마에게 건네주었다.

"이걸 아빠가 남겼다고?"

"응. 근데 아빤 왜 라면 밑에 돈을 놓은 걸까? 처음에 엄마가 놔둔 줄 알았잖아."

"신혼 때부터 내 용돈을 여기에 놨어. 내가 너를 임신하고 입덧 때문에 라면을 먹는다니까 돈 아끼지 말고 맛있는 거 사 먹으라고."

"쳇! 진짜 아빠가 그랬단 말야?"

나는 아빠가 그렇게 다정한 면이 있었다는 게 믿어지지 않았다.

"그렇담 내가 처음에 꺼내 쓴 돈도 사실은 엄마 용돈이었네. 아빠는 내가 가져간 줄도 모르고 엄마가 집에 들락거린다고 생각 했겠네."

엄마는 아빠가 병원 치료도 받지 않고 돈을 모은 거 같다며 얼굴이 벌겋게 되어 밖으로 뛰쳐나갔다. 그리고 한참 후에 눈이 퉁퉁 부은 채 들어왔다.

"이건 우리 가온이 교육비로 써야겠다. 아빠도 그걸 원하실 거야."

엄마는 통장을 가슴에 대고 말했다.

엄마는 집으로 돌아온 다음 날도 출근했다. 엄마가 퇴근해 들어오면 엄마한테 은은한 커피 향이 났다. 나 역시 방과 후에 매일 엄마가 일하는 도서관에 갔다. 도서관에서 공부도 하고 엄마가 일하는 모습도 봤다. 그리고 갈 때마다 쌓아 둔 우산을 두세 개씩 들고 나가 아무 데나 놓고 왔다. 그게 어디에 있었는지 기억나지 않아 아무 데나 놓고 오는 거다.

딱 하나, 우산 주인이 누구인지 알고 있는 스웨덴 우산은 동네 편의점에 살짝 놓고 왔다. 교실에 놔둔 스웨덴 우산을 볼 때마다 신경이 쓰여 기어이 가지고 나왔다. 역시 어떤 물건이건 주인이 애타게 찾으면 주인에게 돌아갈 수밖에 없다는 걸 깨달았다.

집에 오는 길에 아빠가 일했던 횟집에 들렀다. 수족관에 갇혀 있던 물고기와 아빠가 일하던 모습이 눈에 선했다. 가게 안을 들여다보자 얼마 전까지 횟집이었다는 게 믿어지지 않을 만큼 썰렁했다. 빈 껍데기뿐인 가게 유리창엔 임대라는 커다란 글자만 눈에 들어왔다. 그런데 이상한 건 우리 가게 양옆에 있는 가게들도 모두 문을 닫고 임대라는 종이가 붙어 있었다. 명우 엄마가 한다는 꽃집도 문이 잠겨 있고 가게 문 앞에 시든 화분만 즐비하게 방치돼 있었다. 그나마 불이 켜져 있는 상점은 슈퍼뿐이었다.

난 한 발짝 뒤로 물러나 건물 2층을 올려다봤다. 거기엔 학습지 회사와 보험 회사가 있었다. 그런데 거기도 사무실 이전이라는 커다란 종이가 붙어 있었다. 활기찼던 건물이 통째로 유령 건물이 된 것 같았다. 갑자기 무슨 일일까. 이 건물에 전염병이라도 돈 건가? 이제 우리 집과 상관없는 건물이 됐지만 우리 가족이 열심히 일하던 곳이 폐건물이 된 것 같아 씁쓸했다.

'건희네도 타격이 크겠네. 요즘 어쩐지 돈지랄도 안 하고 조용하더라니.'

세상에서 제일 쓸데없는 걱정이 연예인 걱정과 재벌 걱정이라는데, 생각해 보니 내가 건물주 걱정을 한다는 것도 우스웠다.

다음 날 명환이 녀석한테 지나가듯 물었다. 명환이는 사람 가리지 않고 골고루 친하니까 우리 반 애들 소식을 그나마 잘 알고 있었다.

"명우네 꽃집 문 닫았더라."

"꽃집은 왜? 꽃 살 일 있냐?"

"그게 아니라 그냥 거기 지나다가 봤는데 그 건물 상점들이 문을 많이 닫아서."

"건희네 건물 말하는 거 나도 알아. 그 새끼가 깝치다가 그렇게 만든 거야."

"자기네 건물 망하게 하는 멍청이도 있냐?"

"자기네 건물에 임대한 상점들 골탕 먹이려고 명우랑 몇몇 애들 알바 시켜 가면서 리뷰 달고 별점 매겼잖아. '최악의 리뷰 쓰기' 알바 들어봤냐? 쓰레기 같은 음식을 판다고 욕해 대고 별점 반 개도 아깝다고 마구 쓰는 거 말이야. 나한테도 하랬는데 난 그딴 짓 못하겠더라. 결국, 소상공인들 쪽박 차고 나가게 하는 거잖아."

"그 새끼 짓인 줄 알았다니까. 어휴! 완전 쌍똘아이 새끼! 저번에 도난 사건도 그 새끼 자작극이었잖아. 그때 완전히 버릇을 고쳐 놨어야 하는데!"

나는 건희 녀석 때문에 아빠가 더 힘들었을 거라는 생각이 들자 지금이라도 손모가지를 부러뜨리고 싶었다.

"네가 혼내 주지 않아도 자동으로 벌 받았어."

"그게 무슨 말이야?"

"임대인들 악플 달아서 쫓아낸다고 건물주가 좋을 것 같냐? 새로 임대하려면 평판이 좋아야 잘나가지. 세도 올려 받고 말이야. 그런데 똘아이 건희 녀석이 자기 발등 자기가 찍는 줄도 모르고 장난친 거지. 너네 횟집을 시작으로 감자탕 집도 망하고 카페도 문 닫았어. 줄줄이 나가니까 장사 잘되던 명우네 꽃집도 피 본 거고. 사람들이 그쪽으로 안 가는데 꽃만 사러 가겠냐? 유령 건물 되는 거 한순간이야."

"그런 일이 있었어?"

"원래 남의 눈에 눈물 나게 하면 자기 눈에 피눈물 나는 거야. 이런 걸 다 인과응보라고 하는 거지. 이미 건희랑 명우 우리 반에서 거의 은따됐어. 거은따. 큭큭!"

나는 명환이 말을 듣고 화가 조금 누그러졌다.

214

"근데 넌 사회성 하나는 끝내준다. 친구도 잘 사귀고 소식도 빠르고. 난 맘에 안 드는 애 있으면 쥐어패고 싶은데."

"나도 사람인데 어떻게 싫은 애가 없겠냐? 싫으면 상대 안 하면 되는 거야. 괜히 정신적으로나 육체적으로 에너지 낭비할 필요 없잖아. 나 역시 누군가는 좋아하고 또 누군가는 싫어할 테니까. 그것만 인정하면 학교생활 별거 아냐. 다 자기를 좋아했으면 하고 바란다거나, 다 자기를 싫어할 거라고 미리 판단하는 게 바보지."

"이제 보니 너 진짜 천재 아니냐? 수학 시간에만 바보인 척하는 거지?"

"내가 머리가 좀 좋긴 하지. 괜히 명탐정이란 별명이 붙었겠냐."

"인정! 이제부터 어리바리 명탐정이 아니고 천재 명탐정이라고 불러 줄게."

"짜식! 사람 보는 눈은 있어 가지고. 히히! 사실 난 이담에 뉴스 앵커가 되고 싶거든. 그래서 현대 사회에 일어나는 일에 대해 관심이 좀 많아."

"뉴스 앵커? 그건 뉴스 좋아하는 우리 엄마가 나한테 하라고 하던 건데. 지금 보니 네가 더 잘 어울릴 거 같긴 하다."

명환이가 기분 좋게 웃었다.

나는 아직 어떤 사람이 되고 싶은지, 뭘 하고 싶은지 잘 모르겠다. 랩을 부르는 걸 좋아하지만 그렇다고 가수가 되고 싶다거나 작곡가가 되고 싶단 생각은 안 해 봤다. 동건이 형처럼 고등학생이 되면 꿈이 생기려나? 얼마 전 형을 만났는데 형은 자신의 꿈이 요리사이기 때문에 외식 산업학과에 갈 거라고 했다. 내가 보기엔 요리보다 운동에 소질이 있어 보였지만. 어쨌건 자신의 꿈을 찾았다는 게 멋져 보였다.

"형, 우리 엄마 도서관 카페에서 일해. 도서관 가서 공부하다 졸리면 우리 엄마한테 커피 한잔 달라고 해. 내가 말해 놓을게."

"엄마 오셨니?"

오랜만에 만난 형이 갑자기 나에게 표준말을 썼다. 이젠 완전히 서울 사람이 된 거 같았다.

"엄마는 돌아왔는데 대신 아빠가 돌아올 수 없는 곳으로 가셨어."

나는 아주 담담하게 말했다.

"얘기 들었어. 우리 엄마가 슈퍼 아줌마한테 소식 듣고 전해 주더라. 경찰도 다녀갔다며?"

"응."

"미안하다."

형은 그냥 미안하다며 내 어깨를 감쌌다. 형이 왜 미안한지는 말해 주지 않았다. 그런데 이상하게 그 한마디로 위로가 됐다. 형은 어쩌다 만나도 잠시 쉬어 가는 나무 그늘처럼 나를 편안하게 해 주는 그런 사람이었다.

배롱나무 아래서

친구가 찾아왔다. 눈치 없는 현규 녀석이었다. 현규는 며칠 전 자기 생일이라며 나를 포함해서 몇 명의 친구를 자기네 집으로 초대했다. 난 생일 선물을 준비하지 못해 안 가려고 했는데 현규가 막무가내로 끌고 갔다.

"내가 그깟 선물 받으려고 생일 파티하는 줄 아냐? 난 내가 좋아하는 애들이랑 노는 게 제일 좋다고."

"그래도 좀……."

현규는 언제 어디서건 한결같았다. 아무것도 따지지 않고 나를 좋아해 주는 현규가 나도 좋았다. 그 뒤 우리는 급속도로 친해졌다. 어제는 학교 끝나고 현규가 우리 집까지 따라와 게임을 하고 갔다. 그런데 오늘 또 찾아온 것이다.

"나가자."

나는 현관문을 열자마자 현규에게 무작정 따라오라고 했다. 현규가 오늘도 게임 하러 온 것 같아 분위기를 바꾸고 싶었다. 하지만 현규 녀석은 동네가 비탈져서 힘들었다며 집에서 놀자고 했다.

"답답해서 그래. 우리 집보다 도서관이 훨씬 시원하고 좋아."

"피시방도 아니고 도서관을 가자고?"

현규가 눈을 동그랗게 뜨고 되물었다.

"도서관도 재밌어. 넌 만화책이라도 보던가."

난 현규 팔을 잡아당기며 올라온 길을 다시 내려가게 했다. 현규 이마에 맺힌 땀방울을 보자 조금 미안했지만 어쩔 수 없었다. 난 엄마가 돌아온 후 다시 공부에 집중하기로 마음먹었다.

"아까 오다가 민석이한테 들렸거든. 같이 피시방 가려고. 근데 걔가 뭐라고 그런 줄 아냐?"

"공부해야 한대?"

"그럼 괜찮게. 피시방 화장실은 더러워서 안 간대. 전에 한 번 같이 간 적 있는데 그때도 오줌 마렵다고 게임 하다 중간에 자기 집으로 뛰어가더라니까. 웃기지 않냐?"

"걔가 원래 결벽증 있잖냐. 도서관 화장실은 깨끗한데 불러낼까?"

"됐어. 어차피 너랑 게임 하긴 틀린 거 같은데."

"도서관 가서 내가 시원한 거 사 줄게."

"웬일? 그렇담 비싼 걸로 부탁한다."

현규가 치아에 낀 교정기를 활짝 드러내며 웃었다. 성격 하난 나무랄 데 없이 좋은 녀석이다.

나는 도서관 카페에서 엄마한테 복숭아 아이스티를 주문하고 현규와 야외 벤치에 앉았다.

"여기 좋지?"

"글쎄. 난 도서관이랑 안 친해서."

현규는 시큰둥하게 대답했지만 나는 도서관 벤치에서 친구와 차를 마시는 게 뭔가 그럴싸하게 느껴졌다. 카페에서 커피 향까지 퍼져 더 좋았다.

"야, 여름 방학 때 나랑 우리 외할아버지 댁에 같이 갈래?"

현규가 뜬금없는 말을 던졌다.

"너희 외할아버지 댁을 내가 왜 가?"

"제주도인데, 그래도 싫어?"

"인마, 제주도가 버스 타고 가는 데냐? 답답한 자식."

난 현규 녀석을 나무라며 하늘을 올려다봤다.

배롱나무 사이로 보이는 하늘은 구름 한 점 없이 푸르렀고 분홍 꽃이 머리 위로 쏟아질 듯 피어 있었다.

"그런 게 아니라……."

현규가 말을 하려다 잠시 머뭇거렸다. 하고 싶은 말이 제대로 전달이 안 됐다는 표정이었다.

"넌, 사람이 말을 하면 끝까지 들어봐. 내가 그렇게 생각 없이 말하는 거 같냐?"

"응. 너 원래 생각 같은 거 잘 안 하잖아."

난 억울해하는 현규의 말을 곧바로 받아쳤다.

"이 새끼, 사람 되게 무시하네."

현규가 약간 분하다는 듯 거칠게 내뱉었다.

"아냐, 아냐. 농담이야. 넌 속이 왜 그렇게 좁냐?"

"이젠 속까지 좁다고?"

난 화를 풀어 주려다 오히려 불을 붙였다.

"관둬라. 짜식아! 나 간다."

현규가 벤치에서 벌떡 일어났다.

"야, 너 성질 있다. 미안하다 새꺄."

나도 모르게 욕을 섞어 가며 사과했다. 욕을 한다는 건 상황이 굉장히 어색해졌다는 뜻이기도 했다.

"한 번만 더 그러면 진짜 갈 줄 알아. 새꺄!"

현규 녀석도 욕을 하며 받아쳤다.

매번 느끼는 거지만 새끼라는 욕 속에는 모든 어색함과 쑥스러움을 풀어 버리는 마력이 숨어 있었다.

"사실 우리 부모님이 휴가 때 부부 동반 해외여행을 가는데 나혼자 집에 놔둘 수 없다고 외할아버지 댁에 학원 방학 기간에 맞춰서 보내려는 거야."

"그런데 나랑 가자고?"

"넌 학원 안 다니니까 상관없잖아? 내가 혼자 가기 싫다고 친구랑 같이 가도 되냐니까 그러랬어. 엄마가 비행기 티켓 구해 줄거고 우린 공항까지만 가면 돼."

"넌 비행기 타 봤냐?"

"당연하지. 어차피 방학 때마다 외할아버지 댁에서 휴가를 보내는걸. 해외여행도 여러 번 가 봤어."

"좋겠다. 난 아직 한 번도 못 타 봤는데."

"별거 아냐."

"혼자도 간 적 있어?"

"아니. 없어."

현규 녀석이 으스대다 갑자기 자신 없는 표정을 지었다. 자기 감정을 제대로 숨기지 못하는 녀석이 순진해 보이기까지 했다.

"그래서 이 형님을 모시고 가겠다는 거냐?"

난 현규 녀석처럼 뻐기며 말했다.

"야! 친구가 제주도 공짜 구경시켜 주겠다는데 고맙다는 말은 못 할망정. 졸라 나쁜 자식!"

"알았어. 일단 생각 좀 해 보고."

"생각할 게 뭐 있어? 싫으면 명환이한테 가자고 한다."

"치사한 자식! 말을 꺼냈으면 기다려 줘야지. 금방 쌩까냐 새 까!"

"좋아. 그럼 오늘 저녁까지 생각하고 내일 말해 줘."

우린 배롱나무 그늘 아래서 제주 여행 얘기로 마무리 짓고 헤어졌다. 솔직히 친구와 단둘이 비행기를 탄다는 건 생각만 해도 멋진 일이었다.

다행히 엄마도 생각보다 쉽게 허락했다.

"친구와 여행을 떠나 보는 것도 좋지. 근데 친구한테 너무 신세 지는 거 아니니?"

"괜찮아. 현규도 혼자 가는 것보다 친구랑 가는 게 든든하니까 같이 가자는 거야."

"여튼 조심해서 갔다 와."

엄마는 몇 번씩 당부했다.

푸른 바다, 좋은 사람들

공항 가는 시간에 맞춰 현규네 집으로 갔다. 현규 엄마는 우리를 공항까지 태워 주고 티켓까지 손에 쥐어 주었다. 공항은 내가 생각했던 것보다 훨씬 크고 복잡했다. 현규한테 내색하긴 싫었지만 긴장돼서 오줌이 자꾸 마려웠다.

"현규야, 민규는 초등학교 5학년 때 혼자서 캐나다에 있는 삼촌 집까지 찾아갔단다. 잘 모르면 공항 직원한테 물어봐. 알았지?"

현규 엄마는 현규 사촌 동생까지 들먹이며 비교 아닌 비교를 했다. 눈치 없는 현규가 좀 야무져지길 바라는 것 같았다.

현규는 약간 불안한 표정을 지으며 자기 엄마에게 손을 흔들었다. 하지만 나를 보곤 금세 밝게 웃어 보였다.

"야, 이 형이 있는데 뭐가 걱정이야? 난 티켓만 있으면 아프리카도 혼자 가겠다."

난 현규 머리를 사정없이 헝클어 놓으며 말했다.

"하지 마. 걱정하는 게 아니라 그냥 좀 불길한 예감이 들어서 그래."

"뭔 불길? 길 잃어버릴까 봐?"

나는 약간 비아냥거리며 물었다. 정작 비행기를 처음 타는 건 난데 현규가 불안해하자 이상하게 내가 더 자신감이 생겼다. 엄마 아빠가 모두 떠나고 혼자 남겨졌을 때 앞으로 헤쳐 나갈 일이 첩첩산중일 거란 생각을 했던 탓인지 어지간한 일은 두렵지 않았다. 아빠 말대로 난 잡초처럼 강해지고 있는지 모른다.

솔직히 현규는 내가 알고 있던 것보다 훨씬 의젓했다. 공항에서도 당황하지 않고 침착하게 일을 진행했다. 게이트도 티켓을 보고 금방 찾았다. 아마도 부모님과 같이 다닐 때 봐왔던 걸 떠올리며 차분히 해내는 것 같았다. 난 그런 현규를 졸졸 따라다니기만 했다. 이제 보니 절대 눈치 없는 놈이 아니었다.

"짐 뭐 쌌어?"

현규가 물었다.

"옷 한 벌하고 칫솔. 또…… 속옷."

나는 달랑 배낭 하나를 매고 왔지만 현규는 제법 큰 캐리어를 끌고 왔다.

"수영복은?"

"안 넣는데."

"어휴! 제주도까지 가는데 물놀이를 해야지."

현규가 답답하다는 듯 말했다.

"괜찮아. 대충하지 뭐."

난 처음 가는 제주도에 첫 비행이라는 것만으로도 충분히 복잡하고 설렜다.

비행기가 하늘에서 고장 나면 어쩌지? 혹시 추락하는 건 아닐까? 하며 비행기를 타기도 전에 목숨을 저당 잡힌 기분이었다.

"휴!"

"왜 그래? 혹시 무섭냐?"

내가 한숨을 쉬자 현규 녀석이 나를 쳐다보며 물었다.

"무섭긴! 난 군대도 공군으로 지원할 생각인데."

난 시치미를 뚝 뗐다.

"넌 벌써 군대 갈 생각까지 했냐? 대단하다."

"대단하긴! 남자라면 누구나 가야 하는 건데."

불쑥 내가 왜 아빠 말을 흉내 내는 건지 알다가도 모를 일이었다.

"그렇긴 해. 그럼 난 물을 좋아하니까 해군으로 갈까?"

"해군도 좋지. '한 번 해병은 영원한 해병이다!' 그런 말도 있잖아."

현규가 내 말을 듣고 고개를 끄덕였다.

좌석에 앉아 수다 떠는 사이 비행기가 조금씩 흔들거리면서 이륙했다.

"우리 대학생 되면 같이 배낭여행 가자!"

현규가 이번 여행으로 자신감을 얻은 것 같았다.

"어디로 가고 싶은데?"

"인도에 가 보고 싶어. 여행자들이 인도에서 깨달음을 얻었다고 하잖아."

"인도 좋지. 나마스떼."

내가 합장을 하고 인도 인사를 하자 현규가 개구진 얼굴로 쳐다봤다.

"나마스떼? 나도 그 말 아는데. 큭큭!"

현규도 금세 합장을 하고 나를 따라 인도 인사를 했다. 난 현규의 배낭여행 제안을 기꺼이 받아들였다. 내심 작은 목표가 생긴 것 같았다. 현규랑 수다 삼매경에 빠진 사이 제주공항에 도착했다는 기장의 안내 음성이 들렸다.

현규 외할아버지는 제주도에서 귤 농장을 하고 계셨다. 집이 조금 오래돼 보이기는 했지만 바다가 보이는 전망 좋은 집이었다.

"먼 길 오느라 고생했지?"

할아버지는 푸근한 인상처럼 따뜻하게 맞아 주셨다. 마른 체구에 눈매와 주름이 선해 보여 누구라도 거리감 없이 다가갈 수 있을 것 같았다. 현규에게 그런 할아버지가 계시다는 건 또 하나의 부러움이었다.

그때 부엌에서 음식을 장만하던 젊은 아줌마가 나왔다.

"현규 친구구나? 반갑다. 나 현규 이모야."

현규 이모는 나를 보자마자 악수를 청했다. 첫 만남에 불쑥 악수를 청하는 현규 이모 성격이 시원스럽다고 생각됐다.

"이름이 뭐니?"

"명가온요."

"호칭 정리부터 해야겠다. 이제 너도 현규처럼 이모라고 불러. 조카 친구면 조카나 마찬가지니까."

"네."

난 인사를 마치고 폴더폰을 꺼내 엄마에게 전화했다. 현규가 쳐다봐도 폴더폰이 전혀 부끄럽지 않았다. 이미 우린 자존심을 내세울 사이는 지난 것 같았다.

"엄마, 나 제주도 도착했는데 정말 좋아."

"안 그래도 궁금했는데 잘 도착했다니 다행이다. 재밌게 놀다 와라, 아들."

엄마와 짧은 통화를 했지만 마음이 놓였다.

짐을 푸는 사이 현규 이모가 불렀다.

"애들아, 밥 먹자!"

아침을 먹는 둥 마는 둥 하고 와서 그런지 밥 먹자는 소리가 반갑게 들렸다.

"많이 먹어라. 귀여운 조카들아."

현규 이모의 다정한 말 한마디가 집 안 공기를 훈훈하게 만들었다. 제주도는 사람도, 집도, 음식도 새롭기만 했다. 비행기를 타고 와서 그런지 해외여행을 온 기분이었다. 처음 맛보는 성게 비빔밥과 전복미역국이 입에 들어가자 제주 바다가 내 몸으로 조용히 스며드는 것 같았다.

현규 외할아버지는 외할머니가 몇 년 전 돌아가셔서 혼자 농장을 운영하고 계셨다.

"이젠 힘에 부치는구나. 그렇다고 귤 농장을 팔 수도 없고."

"이젠 아버지도 쉴 때가 된 거죠. 일할 사람을 구해 봐야지 어쩌겠어요."

현규 이모는 서울에서 내려와 이곳에 게스트하우스를 새로 차렸는데 농장 일까지 신경 쓰다 보니 눈코 뜰 새 없이 바쁘다고 했다.

현규와 나는 밥을 먹고 설거지를 했다. 이모는 자기가 먹은 그릇은 자기가 치우는 게 맞다며 게스트하우스로 돌아갔다.

"우리도 나가자. 바닷바람을 쐐야 진짜 제주도에 온 기분이 들지."

"좋아!"

우리는 자전거를 타고 근처부터 돌아보기로 했다.

할아버지 집 마당엔 자전거 세 대가 나란히 있었다. 할아버지가 식구들이 오면 누구라도 탈 수 있게 마련해 두었다고 했다.

제주도는 낯선 곳이지만 전혀 낯설게 느껴지지 않았다. 자전거를 타자 머릿속을 회색빛으로 물들였던 복잡한 기억들이 모두 바람에 날아가고 푸른 바다를 보는 것만으로도 가슴이 벅차올랐다.

"이런 세상도 있구나!"

난 자전거를 타고 바다를 보며 끝없이 달리고 싶었다.

"좋지? 난 해마다 와도 좋더라."

현규도 해맑게 웃으며 말했다. 그때였다. 마주 오던 택시 안에서 누군가 현규를 불렀다.

"현규야, 어디 가?"

택시에서 한 여자애가 내렸다.

현규도 자전거에서 내려 그 여자애한테 다가갔다. 캡 모자를 쓴 여자애의 긴 머리카락이 바닷바람에 날리고 햇살에 머릿결이 반사되어 빛났다. 그런데 여자애의 실루엣이 왠지 낯설지 않았다. 나는 그 애들 곁으로 다가갔다.

"헐~ 너어!"

수아였다. 수아가 제주도에 있었다니, 믿기지 않았다.

"네가 여기 웬일이야?"

"나? 나야 여기로 이사 왔으니까. 산 넘고 물 건너서 전학 간다고 했잖아."

"와! 말도 안 돼. 그런데 넌 수아가 여기 사는지 어떻게 알았어? 너희들 원래부터 친했던 거냐? 내가 보기엔 전혀 안 친해 보였는데."

나는 현규를 툭 치며 궁금한 걸 한꺼번에 쏟아냈다.

"우린 이종 사촌지간이야. 우리 엄마랑 현규 엄마랑 자매 사이지. 우리 엄마가 언니고."

"정말?"

"한 동네 살다 보니 같은 학교에 배정됐고, 학교에선 티 내지 않기로 룰을 정했지. 1, 2학년 땐 다른 반이라 괜찮았는데 3학년 때 같은 반이 돼서 엄청 조심하며 지냈잖아. 어릴 땐 코찔찔이가 누나, 누나 그러더니 이젠 누나라고도 안 한다. 내가 현규보다 생일이 열 달이나 빠르니까 확실한 누나거든. 안 그러냐, 동생아."

수아는 현규 머리를 쓰다듬으며 장난스럽게 말했다.

"야, 그렇다고 나한테 말도 안 해 주고 여기까지 데려온 건 너무 한 거 아니냐?"

난 현규를 흘겨보며 말했다.

"뭐 꼭 말해 줄 필요가 없었잖아? 너희 둘이 사귄 것도 아니고. 설마 너, 수아 전학 가서 보고 싶었냐?"

"그런 게 아니고, 아후!"

난 더 이상 아무 말도 할 수 없었다. 더 얘기해 봤자 분위기만 이상해질 것 같았다.

다음 날, 아침 일찍 눈이 떠졌다. 현규의 잠버릇은 베개를 안고 방 안을 한 바퀴 돌 정도로 상상을 초월했다. 난 요리조리 피하느라 제대로 잠을 자지 못했다.

"넌 자면서도 자전거를 타냐?"

"침대에서 안 자면 꼭 이래. 나 땜에 잠 못 잤지? 미안."

현규가 졸린 눈을 비비며 말했다.

"나 잠깐 산책 좀 하고 올게."

난 제주에서 보내는 시간을 최대한 아끼고 싶었다.

"그래. 난 좀 더 자야겠다. 아함!"

현규는 하품을 길게 하며 다시 이불 속으로 들어갔다. 밤새 뒹

굴며 실컷 자고도 잠이 부족한 것 같았다. 하긴, 이곳에 자주 왔으니 특별히 색다를 것도 없을 것이다.

난 기지개를 켜며 해안도로로 나왔다. 아침 햇살치곤 강렬하고 바다는 눈부시게 반짝거렸다. 그 어떤 보석과도 비길 수 없는 찬란함이었다. 바닷가를 향해 한 걸음 한 걸음 천천히 걸어갔다. 구멍이 숭숭 뚫린 현무암 바위를 밟고 드넓은 바다와 정면으로 마주했다. 야호! 하고 소리 지르고 싶은 충동이 일었다.

"아빠!"

나도 모르게 야호 대신 아빠라는 말이 튀어나왔다.

주위를 둘러보자 다행히 아무도 없었다. 바위에 앉아 한참 동안 바다를 바라봤다. 머릿속 묵은 찌꺼기들과 가슴속 응어리가 모래알처럼 잘게 부서지더니 파도가 밀려왔다 밀려가면서 조금씩 조금씩 바다로 씻겨 내려갔다.

너는 어느 별에서 왔니?

할아버지가 현규와 나에게 일감을 주셨다.

"너희는 오늘 마당에서 잡초 좀 뽑아라."

"네."

우린 흔쾌히 대답했다.

난 아침밥을 먹고 곧바로 마당으로 나갔다. 오늘 아침 설거지 당번은 현규라서 먼저 잡초를 뽑고 있겠다고 했다.

할아버지는 할머니가 계실 땐 마당이 온통 꽃밭이었는데 가꾸지 않으니 꽃도 잘 피지 않고 마당이 점점 황폐해지고 있다고 하셨다. 할아버지가 할머니를 못 잊고 계시다는 생각이 들었다. 그리고 소중한 사람은 곁에 있어 주는 것만으로도 위안이 된다는 걸 느꼈다. 그 빈자리는 누구도 채울 수 없다는 것을.

한참 풀을 뽑고 있는데 누군가 다가왔다.

"밥값 하는 거야?"

묻는 사람은 수아였다.

"할아버지가 마당에 잡초가 많대서."

수아는 내 대답을 끝까지 듣지도 않고 옆에서 키 큰 망초를 뽑았다. 긴 머리가 흘러내리는지 바지 주머니에서 고무줄을 꺼내 질끈 묶어 가며 제법 적극적으로 일손을 도왔다. 난 잠시 수아를 쳐다보느라 손을 놓고 있었다.

흰 티셔츠에 청바지가 저렇게 깔끔하고 예뻐 보이는 여자애는 수아뿐인 것 같았다. 어쨌든 난 그 모습을 잊지 않기 위해 눈으로 스캔해서 머릿속에 저장했다. 잡초를 뽑으면서도 아무 생각이 나지 않았다. 갑자기 시간이 멈춰 버린 기분이었다. 노래 가사처럼 내가 만약 시인이라면 너를 위한 시를 쓸 것이고, 그림을 그리는 화가라면 너를 그렸을 것이고, 내가 가수라면 너를 향한 노래를 부를 것 같았다.

"난 할 일이 있어 가 봐야겠다."

수아가 고개를 휙 돌리며 말하자 난 꿈에서 깬 듯 화들짝 놀랐다.

"어……."

어리벙하게 서서 다른 어떤 말도 하지 못하고 수아를 보냈다. 그동안 궁금한 게 참 많았는데 아무것도 묻지 못한 채.

수아는 갔는데 눈앞에 수아가 계속 아른거렸다. 요정이 잠시 다녀간 느낌이었다. 그때 현관문 열리는 소리가 나더니 현규가 나왔다.

"많이 뽑았네."

설거지를 마친 현규가 내 옆에 놓인 풀 더미를 보고 말했다.

"수아가……."

"수아가 왜?"

"방금 왔다 갔어."

"둘이 썸 타냐?"

"아니. 미쳤냐!"

난 어이없어하며 놀라는 시늉을 했다.

"아니면 아니지, 뭘 그렇게 정색을 하냐? 하긴, 넌 수아 상대로는 좀 약하지."

"왜?"

"걔가 얼굴은 예쁘장해도 못하는 운동이 없어. 이모가 체대 가래는데 자긴 정치학과 간다나 어쩐다나."

"벌써 대입 준비하는 거야?"

"지금 대안학교 다니는데 어릴 때부터 고집이 장난 아냐. 너도 걔 반장할 때 봤지? 똑소리 나는 거."

"넌 왜 그때, 애들이 이상한 소문 낼 때 수아 편을 들지 않았어?"

"아니까 그랬지. 걘 자기 기준이 명확해서 거기서 벗어나면 참지 않거든."

현규는 아무렇지 않게 얘기하고 남은 잡초를 쑥쑥 뽑았다.

'젠장! 머릿속에 이미 커 버린 잡초는 어떻게 뽑지?'

나는 티 내지 않으려 애쓰며 잡초를 뽑았다.

"얼른 뽑고 나가서 수영하자."

현규가 땀을 닦으며 말했다. 주위를 둘러보자 아까보다 마당이 훨씬 말끔해 보였다. 할아버지가 보시면 기뻐하실 거 같아 뿌듯했다.

현규와 나는 잡초 뽑기를 마무리하고 곧장 바닷가로 달려갔다. 현규가 바다로 첨벙 뛰어들자 나 역시 옷을 입은 채로 뛰어들었

다. 둘 다 반바지를 입고 있어서 수영복 따윈 갈아입을 생각도
하지 않았다.

제주의 푸른 바다가 두 팔을 벌려 나를 안아 줬다. 시원하다
는 말로 표현하기엔 턱없이 부족했다. 바다에 몸과 마음을 활짝
열어놓은 기분이었다. 하늘 아래 바다와 나, 그리고 친구가 전부
였다.

수아가 저녁에 할아버지 집에 다시 찾아왔다. 수아는 계란말이
가 가지런히 담긴 접시를 식탁에 올려놓았다.

"할아버지, 밥 얻어먹으러 왔어요."

"딱 맞춰 왔구나. 엄마는?"

수저를 놓던 할아버지가 물었다.

"엄만 손님들하고 먹겠대요."

"그럼 됐다. 다들 앉아 먹자."

현규는 수아 옆에, 나는 할아버지 옆에 앉았다.

"현규 친구도 왔는데 너랑 같이 밥 먹게 돼서 좋구나."

"쟤네들 서울 학교에서 짝꿍이었어요. 여기서도 벌써 두 번이
나 봤는걸요."

현규가 끼어들었다.

"그래? 둘이 남다른 인연이구나. 그렇담 수아가 동네 구경 좀 시켜 줘라. 오늘 잡초 뽑느라 고생했는데."

"내가 구경시켜 줄 게 뭐 있어요? 현규가 나보다 더 잘 아는데."

"그건 그렇지."

현규가 계란말이를 입에 넣고 오물거리며 맞장구를 쳤다. 난 세 사람이 하는 얘기를 가만히 듣기만 했다. 밥을 먹고 수아가 나를 게스트하우스로 초대했다. 사실 초대라기보다 심부름을 시키기 위해서였다. 현규는 밥 먹고 만사가 귀찮다며 마루에 벌러덩 누워 버렸다. 하는 수 없이 나 혼자 수아를 따라나섰다. 할아버지 집에서 게스트하우스까지는 걸어서 10분 거리도 안 됐지만 가볍게 설렜다.

"이런 데 살아서 좋겠다."

"이런 데?"

수아가 이해가 안 간다는 듯 다시 물었다.

"제주도 좋잖아?"

"좋지. 여기 살아 보니까 사람들은 그냥 여기가 집이니까 사는 거 같아."

수아는 내가 우리 집에 대해 느끼는 것과 같은 생각을 하고 있었다.

"게스트하우스 가서 뭘 하면 돼?"

"간단한 거야."

수아가 웃으며 나보다 한 발짝 앞서갔다.

게스트하우스에 도착하자 이모가 반갑게 맞아 주었다. 수아는 자기 엄마를 보자마자 나를 인사시켰다. 내가 이미 만났다는 것도 모른 채.

"우리 엄마 이혼하고 와서 게스트하우스 차린 거야. 맨날 남자한테 기대서 살다가 이제서야 진짜 독립 선언을 한 거지."

"그렇구나."

수아는 여전히 거침없이 가족 얘기를 쏟아냈다.

"젊어 보인다는 생각 안 드니? 우리 엄마가 첫 결혼을 워낙 일찍 했거든. 사실, 우리 언니도 아빠가 달라."

"어쩐지 너무 젊으시다 했어."

수아의 강한 질문에 나 역시 강한 긍정을 했다. 부엌일을 하는 이모는 딸이 뭐라고 떠들던 내버려 뒀다. 보통 엄마들 같으면 입을 틀어막든가 등짝 스매싱을 날렸을 텐데, 익숙해진 건지 무뎌진 건지 나로선 알 수 없었다.

"일단, 소파를 좀 옮기자. 손님들이 드나들기 불편하니까 한쪽으로 치우는 게 낫겠어. 그다음엔 베란다 전등을 갈아 주고. 알았지?"

수아는 마치 나를 아랫사람 부리듯 말했다. 게스트하우스를 자신이 직접 경영하는 것처럼 손봐야 할 것도 잘 알고 있었다.

"소파 옮기는 건 하겠는데 전등은 한 번도 갈아 본 적이 없는데……."

난 도와주러 왔다가 외려 일을 못 해서 미안한 마음이 들었다.

"두꺼비 집을 내리면 할 수 있을 거야. 내가 키가 안 닿아서 그렇지 일도 아냐. 남자애가 겁도 많다."

수아가 입을 실룩거렸다. 그때 이모가 다가왔다.

"전등은 됐어. 할아버지한테 갈아 달라고 부탁할게."

"사실, 우리 엄마랑 난 전등을 못 갈아. 유일하게 못하는 거라고 할 수 있지. 히히히."

수아는 뭐가 그렇게 재밌는지 장난꾸러기처럼 웃었다. 밝아진 모습이 보기 좋았다.

난 수아와 소파를 옮기고 나서 이모가 내온 귤차를 마셨다. 그런데 갑자기 바람이 휘익 불더니 커튼이 흔들렸다. 그리고 금세 비가 쏟아졌다. 제주의 날씨는 수아처럼 예측 불허, 가늠할 수 없는 날씨였다.

"헐! 비 온다."

내가 창밖을 내다보며 말했다.

"내가 데려다줄게. 걱정 마."

수아는 대수롭지 않게 말하며 현관문 우산꽂이에 꽂힌 우산 하나를 뽑아 내게 건넸다.

"우산은 많은데 쓸만한 건 이것뿐이야. 저번 주에 하도 비가 많이 와서 그래."

난 수아네 우산을 보자 우리 집 우산이 생각났다. 그다지 좋은 추억이 아니라서 뜨끔했다.

"이모, 갈게요. 안녕히 계세요."

난 부엌에서 일하고 있는 이모에게 인사했다.

"가온아, 내일 또 보자. 비 오는데 조심히 가고."

이모가 고무장갑을 낀 채로 손을 흔들었다.

"빨리 나와!"

수아가 대문 앞에서 불렀다. 어느새 비옷을 챙겨 입고 대기하고 있었다.

비는 생각보다 많이 내렸다. 수아는 밖으로 나와서는 말없이 옆에서 걷기만 했다.

"전학 간 학교는 다닐 만해? 대안학교라면서?"

"응. 좋아. 난 고등학교도 대안학교로 갈 거야. 넌 어때? 현규한테 들으니까 아빠 돌아가셨다며?"

"괜찮아. 엄마랑 잘 지내고 있어."

"난 아빠가 셋이었는데 모두 전멸했으니, 네 신세나 내 신세나 다를 게 없다. 참! 그 돈지랄하는 새끼는 아직도 그 지랄이냐?"

"애들이 건희 새끼 다 재수 없어 해. 이제 돈지랄도 식상한 거지. 그리고 걔네 건물 유령 상가 다됐어. 폐업한 가게들이 한둘이 아냐."

"너도 학기 초엔 꼭 유령 같더니, 이젠 현규 같은 친구도 사귀고 사람 된 거 같다."

"내가 유령 같았다고?"

"몰랐냐? 애들하고 말도 안 하고 완전 유령처럼 스르륵 왔다 스르륵 사라졌잖아. 그나마 짝꿍이랍시고 내가 말을 붙였던 거지. 까딱 잘못하면 너 왕따 될 뻔한 거 모르지?"

"정말?"

"내가 괜히 반장이겠냐? 애들 하는 거 다 꾀고 있었지. 홋!"

좁은 우산 안에서 우린 궁금한 걸 묻고 답하며 걸었다. 비는 점점 세게 내렸고 약간 어색했지만 이런 설렘이 싫지 않았다.

보호해 주고 싶은 마음에 우산을 수아 쪽으로 치우쳐 들었다. 남은 한 손으로 수아 어깨를 감싸고 싶었지만 차마 그럴 용기는 없었다. 그런데 비보다 바람이 문제였다. 우산으로 바람을 막아 보려 했지만 바람이 어찌나 세게 부는지 몸이 뒤로 밀려날 정도였다. 할 수 없이 우산을 위로 올려 쓰자 곧바로 우산이 홀러덩 재껴졌다.

"헉! 어쩌지?"

내가 재껴진 우산을 들고 당황해하자 수아가 큰소리로 웃었다.

"바보야, 우산을 머리에 바짝 대야지. 하하하!"

"차라리 안 쓰는 게 낫겠어."

난 재껴진 우산을 강제로 원상 복귀해서 접고 아주 쿨한 척 터벅터벅 걸었다.

"저기 할아버지 집 보이지? 난 이제 갈게."

"이거 가져가야지."

나는 우산을 수아에게 내밀었다.

"그것도 어차피 상태가 안 좋아졌는데 쌓아 놓으면 뭐 하겠어. 난 비옷 입었으니까 됐어."

수아는 할 일을 한 듯 손을 흔들더니 돌아섰다. 나는 잘 가라는 말도 못 하고 수아의 뒷모습을 한참 동안 바라봤다. 비가 내리는 것도 아랑곳하지 않고.

내일은 맑음

비는 밤새도록 내렸다. 세찬 바람까지 동반한 태풍이었다. 서울에서 태풍을 몇 차례 겪어 보긴 했지만 이렇게까지 강력하진 않았다. 서울의 태풍은 그나마 지지대가 있는 느낌이고 제주의 태풍은 그 자체로 땅의 모든 것을 쓸어 버릴 기세였다.

창문에 빗줄기가 선명하게 부딪히며 흘러내렸다. 마당에 핀 꽃은 이미 스러졌고 큰 나뭇가지도 휘어져 금방이라도 부러질 듯 위태해 보였다.

엄마에게 전화했다.

"엄마, 거기도 비 와? 여긴 태풍 왔는데, 거긴 어때?"

"비는 조금 내리고 바람만 시원하게 부네."

"여기랑 완전 다르구나."

"그래. 뉴스 보니까 태풍이 일본에서 제주로 해서 동해로 빠져 나간대. 비 올 땐 어디 돌아다니지 말고 집에 있어야 한다. 알았지?"

엄마는 변함없이 일기 예보를 전해 줬다.

"내가 어린앤가. 걱정 마."

난 전화를 끊고 현규와 이불 위에서 만화책을 봤다. 현규가 할아버지 댁에 갖다 놓은 만화책이 꽤 많았다.

"난 이런 만화책 보면 웹툰 작가가 되고 싶더라."

현규가 가방에서 연습장을 꺼내며 말했다.

"웹툰 작가?"

"화가처럼 그림을 섬세하게 그려야 하는 것도 아니고 나도 그 정도는 그릴 수 있을 거 같아서."

"그림만 가지고 되는 게 아니잖아. 이야기가 재밌어야지."

"내가 이야기 하나는 잘 꾸며 낼 수 있지."

"네가? 분위기 파악도 잘 못하는 녀석이 잘도 하겠다."

"야! 내가 어때서? 내 머릿속에 상상력이 얼마나 흘러넘치는 데!"

"밑도 끝도 없는 자신감도 상상력에서 나오는 거냐?"

현규는 내 말을 듣고 진심 반, 장난 반으로 나를 툭 쳤다. 나도 질 수 없다는 듯 현규를 쳤다. 우리는 엎치락뒤치락하며 싸우는 시늉을 했다. 친구랑 같은 방을 쓰는 것만으로도 재밌었다.

"씻고 그만 자라."

옆방에서 할아버지 목소리가 들렸다.

"네."

우린 동시에 대답했다.

나는 현규가 씻을 동안 현규 연습장을 넘겨봤다. 연습장엔 웹툰 만화가 여러 장 그려져 있었다.

"짜식! 재주 좋네."

난 현규에게 이런 솜씨가 있는 줄 몰랐다. 〈미래 학교〉라는 이야기인데 그림도 잘 그렸고 내용도 제법 흥미로웠다. 웹툰 작가가 되고 싶다는 얘기가 헛소리가 아니란 걸 알았다.

현규가 머리를 말리며 방으로 들어왔다.

"야, 웹툰 재밌더라. 그다음 내용은 뭐냐?"

난 현규에게 다짜고짜 물었다.

"봤어? 너 왜 남의 것 보고 그래!"

현규는 연습장을 뺏으며 투덜거렸지만 진짜 기분 나빠 보이진 않았다. 금세 나와 마주 앉아 내 평을 듣고 싶어 했다.

"진짜 재밌냐?"

"그래 인마! 내가 너한테 뻥치겠냐?"

현규는 내 말을 듣고 자신감이 생긴 듯 그림을 펼쳐 놓고 남은 줄거리를 말해 줬다.

"야 너, 상상력 정말 쩐다!"

내가 감탄하자 현규가 한쪽 어깨를 으쓱했다.

"야, 벌써 새벽 한 시다."

"그러게. 그만 자자."

웹툰 얘기를 하는 동안 시간이 거짓말처럼 훌쩍 지나갔다. 우리는 이불을 펴고 누웠다. 잠시 조용하자 창문 틈새로 '휘잉' 하고 바람 부는 소리가 나더니 창문이 덜컥거렸다. 웃고 떠드는 사이에 밖에 태풍이 불고 있다는 사실도 잊고 있었다. 우리는 이불 속에서 또다시 장난을 치다 잠들었다.

아침에 눈을 뜨자 하늘이 거짓말처럼 말끔해져 있었다. 푸른 하늘, 짙푸른 초록의 싱그러움이 마당에 가득하고 바다는 물갈 이를 한 것처럼 더욱 반짝였다. 다행히 할아버지 집은 큰 피해가 없었다.

"난 아침 먹고 귤 농장에 가 봐야겠다. 너희들은 뭐 할래?"

"우리도 갈게요."

현규가 대답했다. 나도 찬성했다. 마땅히 할 일도 없는데 할아버지를 돕고 싶었다.

귤 농장은 생각보다 엉망이었다. 태풍에 떨어진 귤이 바닥에 나뒹굴고 귤나무들이 이리저리 휘어져 있었다. 꺾인 것도 제법 많았다.

"할아버지 이제 어떻게 해요?"

현규가 떨어진 귤을 주우며 아까워했다.

"괜찮아. 해마다 이 정도 손실은 감수해야 해. 살면서 태풍도 만나고 가뭄도 만나는 거지, 모든 걸 고스란히 다 얻을 순 없단다."

할아버지는 태연히 귤나무들을 똑바로 일으켜 세웠다. 그때 이모 목소리가 들렸다.

"아버지, 일찍 나오셨네요? 밤새 걱정했는데 다행히 태풍이 빨리 물러갔네요."

"그러게 말이다."

"할아버지, 저도 왔어요."

어느새 수아도 뒤따라 들어왔다.

"식구가 많으니까 든든하네. 얼른 하고 맛있는 거 먹으러 가자. 내일 현규랑 가온이는 서울로 올라가는데 오래 부려 먹을 수도 없잖냐."

할아버지가 흐뭇한 표정을 지으며 말했다.

우린 한나절 귤 농장 일을 하고 할아버지가 사 주신 흑돼지구이를 먹었다.

"저는 밥 먹고 애들 데리고 올레길 구경시켜 줄게요."

수아가 인심 쓰듯 말했다.

식당을 나와서 할아버지와 이모는 집으로 가고 우리 셋은 올레길을 걸었다. 난 경치 구경하는 것도 좋았지만 함께 걷는 친구들이 더 좋았다.

"제주도는 어딜 가나 바다가 보인다."

"여기보다 더 좋은 올레 코스가 많아."

내가 감탄하자 수아가 더 많이 못 보여 준 걸 아쉬워하는 눈치였다.

"다음에 또 오면 되지 뭐."

"그래. 다음엔 저기 보이는 오름도 같이 올라가 줄게."

수아가 멀리 밥그릇을 뒤집어 놓은 것 같은 작은 산을 가리키며 말했다.

"저게 오름이야?"

"그래. 제주도는 화산 활동을 많이 해서 저런 오름이 삼백 개도 넘게 있어."

"와! 정말?"

"거인 설문대 할망이 제주도와 육지 사이에 다리를 놓으려고 치마폭에 흙을 담아 나를 때 치마 틈새로 한 줌씩 떨어진 흙덩이들이 오름이 되었다는 전설도 있어."

"그렇구나. 재밌는 전설이네."

"다음에 올 땐 제주도에 대해 공부 좀 하고 와라. 아는 만큼 보인다잖아."

내가 수아와 둘이서 얘기를 주고받자 현규가 불쑥 끼어들었다.

"난 보는 만큼 알게 되는 거 같은데?"

"그럼 넌 경치는 볼 만큼 봤으니까 책이나 많이 보셔."

수아가 현규 머리를 쓰다듬으며 말했다. 현규가 덩치는 훨씬 커도 전혀 어색하지 않았다.

올레길을 걷자 이마와 등에서 땀이 흘러내렸다. 우린 누가 먼저랄 것도 없이 눈앞에 펼쳐진 바다로 뛰어들었다. 셋이 물장구를 치는 동안 웃음이 끊이지 않았다. 뭐가 웃겨서가 아니라 그냥 서로의 얼굴만 쳐다봐도 웃음이 나왔다. 아무 이유 없이 나를 웃게 만드는 친구들이 있다는 게 나를 행복하게 만들었다.

우리는 바다를 바라보며 모래사장에 앉아 또 얘기를 나눴다. 해 질 녘 이슬비가 살짝 내렸지만 크게 신경 쓰지 않았다.

"일주일이 눈 깜짝할 사이에 지나갔지?"

내 옆에 바짝 붙어서 묻는 수아 목소리에서 아쉬움이 묻어났다.

"난 게임 할 때랑 웹툰 그릴 때 시간이 제일 잘 가던데, 넌 여행이 체질인가 보다."

현규가 나와 수아 사이에 끼어들어 말했다.

"글쎄…… 살면서 머릿속에서 버퍼링이 생길 때 여행을 떠나거나 좋은 사람들을 만나면 복구가 잘될 것 같긴 해."

"아하! 그렇담 내 덕분인 줄 알아라. 내가 제주도도 데려오고 좋은 사람들도 연결시켜 줬으니까 말이야."

현규가 약간 으스대며 말했다.

"인정! 네가 내 머릿속 버퍼링을 해결해 준 일등 공신이다."

"큭큭! 알아주니 고맙다."

현규가 짓궂게 웃으며 머리를 긁적였다.

"너희들, 왜 버퍼링이 생기는 줄 아니?"

수아가 물었지만 현규와 난 선뜻 대답하지 못했다.

"송수신도 제대로 못 하고 상대와 속도도 맞추지 않고 일방통행하려고 했을 때 생기는 충돌이잖아. 음…… 예를 들면, 저마다 삶의 속도가 다른데 어른들 마음대로 우리를 조이거나 다그칠 때 생기는 불협화음 같은 거랄까."

이럴 때 수아의 말솜씨는 진짜 누나처럼 느끼게 만들었다.

"어른들하고도 그렇지만 버퍼링은 친구들 사이에서 더 많이 발생하는 것 같은데."

나는 내 생각을 덧붙였다.

"맞아. 앞뒤 생각 안 하고 일부러 부딪히는 걸 즐기는 애들도 있으니까. 그럴 땐 충돌을 완화하기 위해 잠시 그 자리를 떠나 생각할 시간을 갖는 것도 필요하지 않을까?"

"나도 그렇게 생각해. 어떤 문제든 멀리서 바라볼수록 생각의 폭이 넓어지는 것 같아."

"다음에 내가 서울 올라가면 꼭 같이 보자. 못다 한 얘기도 하고……."

수아가 서운한 표정을 다시금 지었다.

"그래. 꼭 다시 만나자. 비행기 타니까 금방이던데 뭘."

"품! 둘이 썸 타는 거 맞네. 가온이 너, 언제는 제주도가 동네냐고 그러더니 너무 속 보인다."

현규가 나와 수아를 교대로 쳐다보며 킥킥거렸다.

"너 자꾸 그럴래? 그땐 몰랐으니깐 그랬지."

나는 얼굴이 화끈거려 안절부절못했다.

"어쩜 우리 졸업 여행도 제주도로 올 수도 있어. 교무실에 갔다 얼핏 들었거든."

"와! 그럼 가을에 또 올 수 있겠네."

"가온이 얼굴에 화색 도는 거 봐라. 좋아 죽는다. 난 졸업 여행은 딴 데 가고 싶었는데 가온이 땜에 안 되겠네. 히히!"

"여기보다 더 좋은 데가 어딨겠어?"

"넌 제주도가 좋은 거냐? 수아가 좋은 거냐? 솔직하게 말해 봐."

현규가 또다시 짓궂게 묻자 이번엔 수아가 나섰다.

"현규 분위기 파악 못 하는 소리 더 듣기 전에 들어가자. 너네 내일 아침 비행기라며?"

"그래. 그게 좋겠다."

수아가 엉덩이를 털며 일어나자 나와 현규도 따라 일어났다. 그때 구름 사이로 별 하나가 유난히 반짝였다. 우리는 구름을 뚫고 나온 별 하나를 한참 동안 올려다봤다. 순간, 여행의 끝자락에 내가 꽤 괜찮은 놈이 된 것 같은 느낌이 들었다. 이 난데없는 자존감은 어디서 온 걸까? 정확하게 말하면 괜찮은 놈으로 살고 싶어졌다는 거다. 내가 세상 모든 사람을 좋아할 수 없듯이 세상 모든 사람이 나를 좋아할 순 없지만 나를 좋아하고 믿어 주는 사람이 생각보다 많다는 것, 그것만으로도 앞으로 버텨 낼 힘을 충전한 것 같았다. 가온이란 이름처럼 난 방관자도 아니고 주변인도 아니고 세상의 중심이니까.

나는 짐을 싸면서 수아가 준 우산을 가방 옆쪽에 세워서 넣었다. 비록 우산대는 고장 났지만 그 어떤 우산보다 소중하게 생각됐다. 마음 같아서는 제주의 바다도 담아 가고 싶고, 제주의 바람도 실어 가고 싶었다.

다음 날, 현규와 나는 할아버지와 수아의 배웅을 받으며 공항으로 갔다. 현규는 비행기 좌석에 앉자마자 부족한 잠을 보충한다며 눈을 감았지만 나는 제주도가 시야에서 점점 멀어지고 뭉게구름으로 가려질 때까지 눈을 뗄 수 없었다.

문득 할아버지가 하셨던 말씀이 떠올랐다. 살다 보면 태풍도 만나고 가뭄도 만나는 거지, 모든 걸 다 얻을 수는 없다는…….

내 미래의 날씨는 언제 태풍이 불어 닥칠지, 또 언제 가뭄이 들지 모르지만 분명한 건 쨍하게 맑은 날도 있고 가끔은 반짝반짝 빛나는 날도 있을 거란 거다. 난 그 믿음을 갖고 엄마가 기다리는 집으로 향했다.